Le cercle des pénitents

Johanne Seymour

Le cercle des pénitents

Libre Expression
QUEBECOR MEDIA

Catalogage avant publication de Bibliothèque et Archives Canada
Seymour, Johanne
  Le cercle des pénitents
  (Polar)
  ISBN 978-2-7648-0298-4
  I. Titre.
PS8637.E97C47 2007   C843'.6   C2007-940135-X
PS9637.E97C47 2007

Direction littéraire
MONIQUE H. MESSIER

Maquette de la couverture
FRANCE LAFOND

Infographie et mise en pages
GAÉTAN LAPOINTE

Les personnages mentionnés dans ce livre sont entièrement fictifs.
Toute ressemblance avec des personnes ou noms réels
n'est que pure coïncidence.

Remerciements
Les Éditions Libre Expression reconnaissent l'aide financière du
gouvernement du Canada par l'entremise du Programme d'aide au
développement de l'industrie de l'édition (PADIÉ) pour ses activités
d'édition. Nous remercions le Conseil des Arts du Canada et la Société de
développement des entreprises culturelles du Québec (SODEC) du soutien
accordé à notre programme de publication. Gouvernement du Québec –
Programme de crédit d'impôt pour l'édition de livres – gestion SODEC.

Les Éditions Libre Expression
Groupe Librex
La Tourelle
1055, boul. René-Lévesque Est
Bureau 800
Montréal (Québec) H2L 4S5
Tél. : 514 849-5259
Téléc. : 514 849-1388

Distribution au Canada
Messageries ADP
2315, rue de la Province
Longueuil (Québec) J4G 1G4
Téléphone : 450 640-1234
Sans frais : 1 800 771-3022

Dépôt légal – Bibliothèque et Archives nationales du Québec, 2007

ISBN : 978-2-7648-0298-4

Parce que Dieu existe...
Et les hommes également.

Elle était vierge.

Et bien que sa virginité l'eût jusqu'à maintenant remplie de fierté, ce soir, assise sur sa petite valise noire, au bord de la route, elle l'effrayait. Car elle avait vingt-cinq ans et, cette nuit, elle s'apprêtait à abandonner toutes ses croyances pour suivre l'homme qu'elle aimait par-dessus tout, l'homme qui allait la remplir de joie le reste de sa vie.

Du moins le croyait-elle.

Jusqu'à ce que le premier coup, venu de derrière, la fasse valser dans les airs, et qu'elle retombe inerte sur le sol gelé.

Jusqu'à ce qu'elle reprenne conscience et se rende compte, avec horreur, que la joie ne ferait plus jamais partie de sa vie.

1

«Mon beau sapin, roi des forêts...»

Le sergent Kate McDougall regarde les arbres qui défilent devant son pare-brise. Le froid nordique des derniers jours s'est amusé à tout transformer en glaçons, et les sapins ont l'air pétrifiés, tellement ils sont gelés. La beauté de l'hiver québécois, songe Kate, non sans dérision. Puis elle se console en se rappelant les jours incandescents de cette saison où la température flirte avec le zéro, et la neige, éblouissante, scintille comme diamants au soleil.

— Les diamants des pauvres, murmure Kate se souvenant des paroles de sa mère, alors qu'enfant elle contemplait émerveillée la neige étincelante. Les seuls qu'une McDougall pourra jamais s'offrir...

Ce souvenir ramène Kate à sa nuit d'insomnie. Elle soupire. Depuis l'affaire du «Monstre du lac[1]», le cauchemar récurrent de son enfance a refait surface. Et malgré sa thérapie avec la psychiatre Marquise Létourneau, malgré l'ingestion, à tour de rôle, d'une panoplie impressionnante d'antidépresseurs et d'anxiolytiques, les yeux remplis de terreur de son jeune frère hantent toujours ses nuits...

---

1. Voir *Le Cri du cerf* du même auteur.

11

Bienvenue à Saint-Simon-de-Tring!

À la vue du panneau routier indiquant qu'elle va pénétrer dans le village, Kate émerge de ses pensées et diminue sa vitesse de moitié. Elle a besoin de se recomposer avant d'affronter ses collègues. Après plus de six mois d'absence au travail, Kate s'inquiète de l'image que l'équipe a maintenant d'elle. La précarité de son équilibre mental n'est plus un secret. Elle ne pourra pas, comme autrefois, enterrer son passé et jouer les invincibles.

Kate inspire profondément et jette un regard circulaire sur le paysage. Saint-Simon-de-Tring... Un village perdu, au milieu de nulle part. C'est ça, la Beauce, songe-t-elle. Une série de hameaux enfouis dans un paysage vallonné, entrecoupé d'érablières et d'îlots de conifères. Une valse entre pâturages et forêts.

Kate sait d'avance que les quelques maisons composant Saint-Simon ne feront leur apparition qu'un ou deux kilomètres plus loin. Une fois la bulle du village traversée. C'est ainsi qu'elle voit ces espaces déserts en périphérie. Comme des bulles de protection. «Attention, voyageurs! Vous pénétrez dans notre bulle! Tout ce que vous ferez, tout ce que vous direz aura une influence sur notre communauté.»

Quelqu'un a fait fi de l'avertissement, pense Kate, en arrivant à destination et en rangeant sa vieille Land Rover derrière l'amas de véhicules bleu et blanc de la SQ[2], stationnés dans tous les sens au bord de la route. Quelqu'un a fait fi de l'avertissement, se répète-t-elle, et en un violent instant... la vie de ce village aura changé pour toujours.

---

2. Sûreté du Québec: à l'exception des grandes municipalités, qui ont leur propre corps policier, la SQ a juridiction sur l'ensemble du territoire québécois.

2

— Sergent!

En remontant la fermeture éclair de son fidèle Kanuk, Kate examine le périmètre de la scène. Des champs de neige à perte de vue, secoués par de puissantes rafales de vent. Que s'est-il passé dans ce désert blanc? s'interroge Kate. Qui a ouvert la porte aux ténèbres?

— La terre appelle le sergent Kate McDougall!

Kate se tourne finalement en direction du lieutenant Trudel, qui se dirige vers elle en l'interpellant.

— Paul, répond-elle, sans cérémonie.

Trudel détaille Kate, emmitouflée dans son parka, minuscule dans la froidure qui les entoure. L'impression de fragilité qui se dégage du portrait l'émeut, et il ne peut s'empêcher de réfléchir aux derniers mois passés en sa compagnie.

Le constat n'est pas reluisant.

Leur relation se résume à quelques week-ends torrides dans le chalet de Kate à Perkins dans les Cantons-de-l'Est et quelques rencontres à la sauvette dans le condominium de Paul sur la Rive-Sud de Montréal. Pas de quoi publier des bans, songe Trudel avec une pointe de déception. Cependant, comme toujours lorsqu'il est en présence de Kate, il est séduit par sa beauté. Une beauté farouche, transfigurée par le mal à l'âme qui l'habite.

— Je te croyais déjà en route pour Montréal, dit Kate.

— Quoi? Et manquer la chance de te souhaiter un joyeux Noël... – il cherche du regard le panneau routier – ... à Saint-Simon-de-Tring?

Kate observe Paul qui, malgré son imposante stature, a l'air excité d'un petit garçon devant le cadeau qu'il se meurt de déballer.

— Joyeux Noël, lui concède Kate, en l'embrassant sur la joue.

— C'est tout? demande Paul, déçu. Même pas une accolade?

Une jeune technicienne du laboratoire qui s'est approchée d'eux arrête Trudel dans son élan.

— On a terminé, dit-elle, ne sachant pas auquel des deux s'adresser.

Endossant à regret sa veste de lieutenant, Trudel chasse son fantasme de prendre Kate à l'arrière de son véhicule de service.

— Je vous laisse avec le sergent McDougall, dit-il à la jeune fille avant de s'éloigner en direction d'un groupe d'agents à l'écart de l'amas de voitures. J'ai encore des questions pour les gars du poste de Beauce-Mégantic.

Kate le suit des yeux, puis revient à la jeune fille.

— Merci, Linda... C'est bien ça, n'est-ce pas? Linda?

La jeune fille rougit, fière que Kate l'ait reconnue.

— Linda Lévesque, oui. J'étais là quand ils vous ont..., commence-t-elle.

Puis, elle se ravise.

— Je suis contente que vous soyez de retour.

— Merci...

Kate sourit à la jeune fille qui s'en va et se dit qu'après tout beaucoup d'eau a coulé sous les ponts depuis le mois de mai dernier alors qu'elle demandait un congé sans solde à la SQ. Peut-être ai-je tort de m'inquiéter de la réaction de mes collègues, pense-t-elle. Peut-être devrais-je me soucier de ma propre réaction...

— Ah! Ce n'est pas trop tôt, dit Sylvio Branchini, le chef pathologiste, en voyant Kate franchir le ruban jaune délimitant la scène et s'approcher du cadavre.

Puis il accompagne ses paroles d'un clin d'œil amical.

— Kate, dit simplement le sergent Jolicœur, comme elle se faufile près de lui.

— On avait entendu la rumeur de ton retour, enchaîne le sergent Labonté, mais on croyait que tu reprenais le collier juste après les fêtes. Toute une surprise...

Labonté et Jolicœur sont visiblement émus. Et pour cause. La dernière fois qu'ils ont vu leur collègue, elle reposait sur un lit d'hôpital, son visage ressemblant plus à une toile de Picasso qu'à celui d'une femme. Elle avait cependant été plus chanceuse que son coéquipier Todd Dawson.

— Au fait, comment va Todd? demande aussitôt Jolicœur, pour mettre fin à ce qu'il considère être des effusions de sentimentalité féminine.

Kate sourit. Même duo. Même dynamique. Une constance rassurante.

— Il va mieux... Pour quelqu'un qui s'est fait égorger par un fou furieux, laisse tomber Kate platement. Du moins, c'est ce que le lieutenant Gendron m'a rapporté.

Labonté et Jolicœur l'interrogent du regard.

— Je n'ai jamais pu l'approcher. Sa femme le protège comme un chien de garde. Elle pense encore que je suis responsable de ce qui lui est arrivé. Elle a peut-être raison...

— Tu vas faire équipe avec nous pour de bon? questionne Jolicœur, brisant le silence qui s'incruste.

— Le temps qu'ils me trouvent un partenaire. Ils ne veulent pas me lâcher toute seule... Ils ont peur que je perde les pédales, ajoute Kate, mi-figue, mi-raisin.

— Avoue que tu t'ennuyais de nous, au fond de ta campagne, à enquêter sur des disparitions de vaches et de tracteurs? enchaîne Labonté pour détourner la conversation.

Kate sourit. Labonté n'a pas tort. Son séjour au poste de Brome-Perkins s'était avéré différent de ce qu'elle avait escompté. Elle était heureuse d'être de retour au Bureau des crimes majeurs.

— Qu'est-ce qu'on sait? poursuit-elle, les yeux maintenant rivés sur le corps dans le fossé.

«Qu'est-ce qu'on sait?»

Labonté et Jolicœur échangent un regard complice en entendant Kate, pour la première fois depuis des mois, poser sa question rituelle.

— Ça vous manquait? lance Kate, l'œil amusé.

— J'aurais pu m'en passer le jour de Noël, rétorque Jolicœur en plaisantant.

Kate esquisse un sourire, puis revient à ses préoccupations.

— Alors..., demande-t-elle en se tournant vers Branchini. Qu'est-ce qu'on sait?

— Un véritable carnage..., dit-il en commençant le compte-rendu de ce qu'il a sous les yeux. Le visage a été enfoncé, les mâchoires ont été réduites en miettes, les mains écrasées et les os des jambes et des bras, cassés à plusieurs endroits.

— Pas de vêtements? remarque Kate.

— Ni sur elle ni dans la bâche qui la recouvre. Sexe féminin, continue Branchini, caucasienne... Âgée entre vingt et trente-cinq ans. La décomposition est très peu avancée. Ce qui n'indique pas pour autant que la mort est récente. Le premier gel a eu lieu à la mi-novembre, et les froids n'ont pas cessé depuis. Elle peut donc avoir été tuée n'importe quand entre le premier gel et cette nuit.

Kate hoche la tête.

— Torture? interroge le sergent Jolicœur.

Le pathologiste lève la tête dans sa direction.

— Je ne crois pas... Les mutilations sont vraisemblablement *post mortem*...

— Les éclats d'os..., comprend aussitôt Kate.

Une fois de plus, Sylvio est impressionné par la vitesse de déduction de sa collègue.

— Comme la bâche est remplie d'éclats d'os..., poursuit Sylvio à l'intention de Labonté et Jolicœur, on peut présumer que ceux-ci ont été cassés quand la victime était dans la bâche. Si les mutilations avaient eu lieu *ante mortem*, le sang aurait abondamment coulé, et les éclats d'os seraient maintenant enfermés dans des glaçons de sang. Mais, regardez...

Labonté et Jolicœur se penchent au-dessus du fossé.

— Rien, leur montre Branchini. Un cadavre gelé et des morceaux d'os tout propres. Enfin presque...

— Trop propres, réfléchit Kate.

— Tu as raison, confirme Sylvio. Ce qui semble indiquer qu'elle était exsangue quand on l'a mutilée.

— Le tueur voulait donc rendre le cadavre méconnaissable..., réfléchit tout haut Labonté, après un moment.

— Il avait peur que l'identification du cadavre ne nous mène à lui, dit Jolicœur. Il devait entretenir un lien étroit avec la victime.

— Est-ce qu'il y a moyen de l'identifier? questionne Kate en se tournant vers Branchini.

— Pas de visage, pas de dents, pas d'empreintes digitales... reste son ADN. Si elle est fichée..., termine Branchini, avant de rejoindre les membres de son équipe, laissant les trois sergents plantés sur le bord du fossé.

L'inactivité soudaine crée un flottement, puis l'horreur de la scène les frappe de plein fouet.

Jolicœur s'apprête à ouvrir la bouche, puis secoue la tête sans rien dire.

Labonté, comme toujours lorsque le crime dépasse l'entendement, enchaîne soupir après soupir, dans un étrange dialogue avec l'invisible.

Kate, qui n'a pas bougé d'un poil, a les yeux braqués sur l'inconnue. Pendant un bref instant, elle se demande pourquoi elle a repris le service. Mais le doute est fugace. Car Kate sait que son besoin de sauver le monde est égal à celui de respirer.

— Joyeux Noël... *Jane Doe*[3], murmure-t-elle finalement, cherchant en vain à humaniser l'enveloppe méconnaissable qu'elle a sous les yeux.

---

3. Dans le jargon policier anglophone, nom donné aux cadavres des femmes non identifiées.

3

— Vous pouvez emporter le corps, dit Kate aux techniciens de la morgue. On a terminé.

Les deux hommes marmonnent un «Ce n'est pas trop tôt!», puis, housse à la main, traversent le ruban jaune et se dépêchent d'aller récupérer le corps dans le fossé. Personne n'aime travailler le jour de Noël.

Kate jette un coup d'œil autour d'elle. Quelques curieux se sont amassés le long du cordon de sécurité. Pour la plupart, des hommes en bleu de travail, engoncés dans de vieux parkas. Fermiers, acériculteurs, commerçants du village... Kate peut cependant apercevoir, cachée derrière eux, une fillette qui l'observe. Des yeux bleus, ronds comme des billes, de longs cheveux blonds, une peau diaphane. Presque transparente... Un ange, songe-t-elle. Comme Kate fait un pas dans sa direction, la jeune fille tire précipitamment sur la manche de l'homme qui l'accompagne. Ce dernier se penche vers elle, puis, après avoir échangé quelques mots, ils montent dans la camionnette stationnée derrière eux et s'éloignent en direction du village.

— Kate! l'interpelle Labonté, avant de s'asseoir dans la voiture de service où se trouve déjà Jolicœur. Tu rentres avec nous à Montréal?

— J'ai ma voiture! crie-t-elle en avançant vers eux.

Elle s'arrête toutefois à l'endroit où se tenait la fillette, croyant avoir vu un objet tomber de ses mains, alors qu'elle se précipitait dans la camionnette.

Kate fouille le sol des yeux. Rien. J'ai des hallucinations à présent, songe-t-elle avec dérision. Mais en se dirigeant vers le véhicule de ses collègues, elle le voit. Un ange de papier blanc, reposant sur la neige blanche.

« Je vole, Kate. Regarde… Je m'envo-o-o-o-o-le! »

Émile, son jeune frère, a quatre ans. Il est couché par terre et bat des bras, traçant de grandes ailes dans la neige.

« Katou… Je suis un ange! »

Au prix d'un effort surhumain, Kate réprime le sanglot qui lui monte à la gorge. C'est l'effet Noël, songe-t-elle pour se rassurer. Cela n'a rien à voir avec mon passé.

Puis Kate se penche et, délicatement, s'empare du petit ange déchu.

L'objet posé au creux de sa main, Kate admire la finesse du travail. L'exécution de cet origami demande beaucoup d'adresse, pense-t-elle en le détaillant, et il est réussi à la perfection. Si c'est la fillette qui l'a fabriqué, elle est vraiment douée…

— Neuf heures, demain, au QG[4]? crie Jolicœur.

Kate met fin à sa contemplation de l'ange et s'approche de la voiture des sergents en rangeant avec soin le bout de papier dans la poche de son parka.

---

4. Quartier général.

— On ne peut plus rien pour elle, dit-elle, pointant le menton en direction du fourgon de la morgue où les techniciens enfournent la housse contenant le cadavre. Disons treize heures... Comme ça, vous pourrez un peu célébrer Noël.

— C'est ma femme qui va être contente, dit Labonté, tout sourire.

— Je me demandais..., dit Jolicœur. Si la femme inconnue du fossé n'a pas été tuée dans la bâche...

Kate sourit. Elle apprécie la perspicacité tranquille de Jolicœur.

— Le fossé n'est peut-être pas la scène primaire, termine-t-elle.

— C'est grand, la Beauce..., commente Labonté.

— *Si* elle a été tuée en Beauce, ajoute Jolicœur.

Les deux hommes soupirent. Belle conversation pour un 25 décembre!

— Il y a autre chose qui me chicote, dit Kate.

Les deux hommes la dévisagent.

— Quand le meurtrier a mis la bâche avec le corps dans le fossé, il devait s'imaginer qu'elle ne referait surface qu'au printemps, après la fonte des neiges.

— Je me posais la même question, enchaîne Labonté. On a deux choix. Ou la bâche a été déposée dans le fossé après la dernière chute de neige...

— Ce qui veut dire, calcule Jolicœur, hier.

— Ou un animal l'a déterrée..., poursuit son collègue.

— Les coyotes meurent de faim à ce temps-ci de l'année. J'ai remarqué que la neige aux alentours de la bâche avait été remuée, dit Jolicœur pour apporter de l'eau au moulin de Labonté.

Kate se perd dans ses réflexions.

— Possible, dit-elle après quelques secondes. Possible qu'un coyote ait déterré la bâche. Possible aussi que ce soit un humain, ajoute-t-elle en se tournant, songeuse, en direction du village.

Les mots grincent dans l'air, comme des ongles sur une ardoise.

— Joyeux Noël! lance enfin Labonté avec dérision, en démarrant la voiture.

— Pareillement, grandes dents! répond machinalement Kate en direction du véhicule qui s'éloigne déjà.

Les mots ne sont pas sortis de sa bouche qu'elle est, de nouveau, propulsée trente ans en arrière.

«Bonne année, gros nez!»

Émile pouvait jouer à ce jeu pendant des heures. Riant aux éclats. Poursuivant Kate à travers la maison pour qu'elle joue avec lui. Criant sans arrêt:

«Pareillement, grandes dents!»

Kate tente tant bien que mal de se ressaisir. Cette fois, elle ne parvient pas à se convaincre que l'esprit de Noël est entièrement responsable de ce retour en arrière. Et elle craint plus que tout ces instants où elle reste figée comme un zombie, prise en otage entre deux mondes: celui de la réalité crue et celui, encore plus pervers, des souvenirs.

Kate se précipite dans sa voiture, allume la radio et met le volume à tue-tête.

«Les anges dan-ans no-o-o-s campagnes... ont entonné l'hy-ymne des cieux...»

Tout... pour ne plus entendre la voix de son frère.

— Kate?

Kate sursaute en réalisant la présence de Trudel, qui frappe à la fenêtre de son véhicule.

— Mon Dieu, Paul, tu m'as fait peur, dit-elle, une fois la vitre baissée et le volume de sa radio ramené à la normale.

Trudel se penche à la fenêtre et l'embrasse.

— J'en ai envie depuis ce matin, dit-il, l'œil allumé, le ton invitant.

Kate sait que, si elle cède, ils n'en resteront pas là. Comme chaque fois que leurs corps se touchent, l'urgence va s'emparer d'eux, et ils risquent d'aboutir dans une chambre de motel minable sur le bord de la route provinciale.

— Paul, c'est Noël... Je veux rentrer chez moi.

— Tu as quelqu'un qui t'attend? demande Paul, un soupçon de jalousie dans la voix.

— Oui... Ma chatte Millie, dit Kate pour faire diversion et alléger l'atmosphère.

Paul n'a pas la réaction escomptée.

— Comme tu veux, répond-il sèchement.

Puis il ajoute, sur un ton plus officiel:

— J'attends un rapport préliminaire sur mon bureau avant la fin de la semaine. Il va falloir faire vite. Les médias ont déjà tiré tout ce qu'ils pouvaient de la disparition de la femme du ministre Vallée.

Kate l'interroge du regard.

— L'enquête piétine. En fait, on a presque perdu espoir de la retrouver.

Kate n'était certes pas de retour au QG, en novembre dernier, lors de la disparition d'Évelyne Vallée, mais la couverture médiatique entourant l'affaire avait été telle qu'elle n'aurait pu passer inaperçue.

— La femme inconnue du fossé vient de leur offrir un joli cadeau de Noël, dit Kate, poursuivant le raisonnement de Trudel.

— Et ils ne se gêneront pas pour le déballer..., conclut Trudel, avant de quitter Kate à contrecœur.

Pourquoi ne l'ai-je pas invité chez moi? s'interroge-t-elle en le voyant s'en aller tête baissée, en direction de sa voiture.

Mais elle connaît la réponse.

Bien sûr, une partie d'elle souhaiterait sa présence en ce jour de Noël, mais il y a cette autre partie. La plus forte. Celle qui, depuis l'enfance, la protège des hommes… et de leur violence.

24 décembre 1984

« *I'm dreaming of a white Christmas...* »
   Guy Petit avait franchement l'air pitoyable dans son costume élimé de père Noël. Même après avoir endossé sa fausse bedaine, il n'était pas parvenu à avoir l'air gros et en santé. Il était juste arrivé à ressembler à un spaghetti qui aurait avalé un petit pois.
   Le rouge du costume réussissait, néanmoins, à camoufler l'embarras qui envahissait son visage chaque fois qu'un enfant décidait de grimper sur ses genoux, dans l'espoir insensé que ce simili-père Noël saurait lui apporter les jouets tellement désirés.
   Maigre consolation.
   À vrai dire, Guy Petit se sentait nettement misérable en cette veille de Noël.
   Bien sûr, la chaleur étouffante de son costume et les cris perçants des enfants rois contribuaient largement à alimenter son état d'esprit, mais le décor de carton ondulé dans lequel il trônait achevait le travail à merveille. Car il faut savoir que Guy Petit n'officiait pas dans les grandes surfaces à la mode.
   Pour joindre l'outrage à l'offense, Guy Petit faisait le circuit des centres commerciaux de province. Ces petits déserts de béton où de vieux haut-parleurs, omniprésents tels des Big Brother, crachent sans fin un mélange de « musak » et de soldes de la semaine. Le royaume des brasseries pour troisième âge et des magasins à un dollar.

Pourtant, comme tous ces enfants qui lui meurtrissaient les cuisses, Guy Petit avait eu des rêves. Et un de ces rêves, plus que les autres, l'avait obsédé toute sa vie. Celui de la liberté avec un grand L. Celle qui lui aurait permis d'être enfin lui-même. Mais, en cette fin d'année, ayant franchi le cap de la quarantaine, Guy Petit se demandait sérieusement ce qu'il était advenu de ce rêve.

— Je suis un père Noël…, finit-il par conclure, pendant qu'un gamin d'à peine trois ans faisait l'ascension de son pantalon pour aboutir sur ses genoux. Un père Noël pathétique, dans un centre commercial minable.

À travers ses lunettes aux verres sales, Guy Petit avait risqué un coup d'œil à sa montre. Il ne restait plus que vingt minutes avant la fermeture.

La perspective de quitter son habit de honte aurait dû le réjouir, mais voilà… Rien ni personne n'attendait Guy Petit en cette veille de Noël.

Il avait donc quitté le centre commercial encore affublé de son costume et, en route pour le « chic » Motel du Sapin Bleu, s'était arrêté dans un fast-food, le temps de commander un plat pour emporter, pressé, comme toujours, de disparaître de la vue du monde.

Plus tard, après avoir avalé d'un trait son « spécial Noël », enfin réfugié dans son royaume de solitude, il avait allumé le téléviseur et, sans même prendre la peine de se dévêtir, s'était écrasé sur le vieux matelas cabossé de son lit de fortune.

C'est la camisole tachée de moutarde et les bretelles rabattues sur son pantalon rouge que, le jour de Noël, baignant dans son sang, on l'avait découvert à la une de tous les journaux québécois.

En manchette…

« Le père Noël s'est suicidé ! »

4

Labonté et Jolicœur attendaient Kate dans les bureaux du QG depuis plus de trente minutes. Ils avaient épluché le *Journal de Montréal* de fond en comble et s'amusaient maintenant à commenter les titres à la une.

— «Du nouveau dans la disparition d'Évelyne Vallée», lit Jolicœur. Qu'est-ce que le fait qu'Évelyne Vallée ait été membre du parti trotskyste en 1975, alors qu'elle était étudiante, change à sa disparition?

— Tu ne comprends rien, dit Labonté. Son mari est ministre... Ça permet d'exploiter l'angle terroriste.

— Jésus-Christ... Tu devrais devenir journaliste.

Labonté rit un moment, puis devient subitement sérieux.

— Tu crois qu'elle est toujours vivante?

— Qui? Évelyne Vallée?

Labonté acquiesce en silence.

— On n'a rien trouvé prouvant le contraire. Pas de demande de rançon, pas de lettre de suicide, pas de témoin... Son mari, le ministre...

— Oui, je sais, intervient Labonté. Une histoire de violence conjugale avec sa première femme... L'homme a, pour le moins, un passé trouble.

— La femme Vallée... Elle est peut-être juste partie, pas disparue. Qu'est-ce qui nous prouve le contraire? Les déclarations du mari?

— Peut-être...

Sur ces mots, les deux enquêteurs demeurent silencieux. Puis Labonté consulte sa montre.

— On devrait peut-être lui téléphoner? s'inquiète-t-il.

— Kate doit être prise dans la circulation sur le pont, intervient Trudel en sortant de son bureau et en rejoignant l'équipe dans l'aire ouverte, au centre de l'étage, où sont regroupés les bureaux des enquêteurs.

— Kate a l'habitude de prévoir ce genre de chose, rétorque Labonté. Ça ne lui ressemble pas...

— Ça ne lui ressemblait pas, le corrige Jolicœur. Mais ça fait quoi? Une semaine qu'on est sur l'enquête? Et tous les jours depuis...

— Désolée, lance Kate, sortant sur ces entrefaites de l'ascenseur. Le pont... Vous savez ce que c'est. Je devrais me chercher un pied-à-terre à Montréal.

Trudel lui jette un regard oblique. À plus d'une reprise, il a invité Kate à partager son condominium, mais elle s'est toujours défilée.

— Du nouveau sur l'identité de l'inconnue de Saint-Simon? questionne Trudel, qui n'a pas envie de s'étendre sur le sujet de la résidence de Kate.

Labonté et Jolicœur font un compte-rendu des recherches qu'ils ont entreprises dans le CRPQ[5], depuis la découverte du corps. Des recherches afférentes aux disparitions remontant jusqu'au mois de

---

5. Centre de renseignements des policiers du Québec. Banque informatisée contenant une variété de données allant du nom des personnes sous observation policière aux numéros de série d'objets volés.

novembre dernier et correspondant à la victime non identifiée, soit une caucasienne, âgée entre vingt et trente-cinq ans, d'environ un mètre soixante-quatre, aux cheveux bruns.

— Deux femmes ont d'abord retenu notre attention, dit Labonté. Mais après enquête, on les a éliminées.

— La première n'était finalement pas une vraie brune, enchaîne Jolicœur, et la seconde avait déjà eu un bébé.

— Ce qui ne correspond pas aux observations de Branchini sur l'état du bassin de la victime, précise Labonté.

— On a déjà le rapport d'autopsie? demande Trudel surpris.

— Seulement les observations préliminaires, dit Kate. Mais Sylvio m'a promis la suite avant la fin de la semaine.

Trudel hoche la tête.

— Et le SALVAC[6]?

Pour être certaine d'avoir soulevé toutes les pierres, Kate avait fait une recherche dans le SALVAC relative au M.O.[7] utilisé par le meurtrier de l'inconnue. Elle n'avait rien trouvé.

— À moins que les faits et gestes du tueur aient échappé au système jusqu'à maintenant, répond Kate, il ne s'agit sans doute pas d'un tueur en série.

— Meurtre isolé..., commence Labonté. Victime inconnue... Difficile d'établir un mobile.

---

6. Système d'analyse de liens de la violence associée au crime. Banque informatisée canadienne de données sur les comportements physiques, verbaux et sexuels des criminels, ainsi que sur leur *modus operandi*, le tout servant à établir des liens entre les crimes et leurs auteurs.

7. *Modus operandi:* mode d'opération d'un tueur.

— Et pas de témoins, conclut Jolicœur. Les agents du poste de Beauce-Mégantic ont quasiment ratissé le comté. Personne ne se souvient d'avoir vu quoi que ce soit d'étrange au bord de cette route. À part, bien sûr, le dénommé Thomas qui a trouvé le corps.

— La bâche est partie au laboratoire..., enchaîne Kate. Mais avec tout le mal que s'est donné le tueur pour rendre la victime méconnaissable, cela me surprendrait qu'il y ait laissé ses empreintes.

Trudel réfléchit.

— Bon! Pour l'instant, on va gérer l'enquête à partir d'ici. Rien ne justifie qu'on déménage nos pénates là-bas.

Avant que quiconque puisse dire un mot, Trudel tend un papier à Labonté.

— On a reçu un tuyau concernant la disparition d'Évelyne Vallée. Je serais prêt à parier qu'il s'agit d'un canular, mais... On n'a pas le choix d'enquêter.

Labonté s'empare du papier et fait signe à Jolicœur de le suivre.

— La politique! grommelle Jolicœur, en quittant l'aire des bureaux.

— Paul..., dit Kate, comme il s'éloigne.

— Qu'est-ce qu'il y a?

— Je ne suis pas certaine que ce soit une sage décision...

— Ça va leur prendre deux heures pour prouver qu'il s'agit des déclarations d'un farfelu, et on aura la conscience tranquille. Au contraire, je trouve...

— Je parlais de diriger l'enquête de l'inconnue de Saint-Simon à partir du QG, le coupe Kate.

— Ah..., dit Trudel surpris. Pourquoi?

— Je ne sais pas. Un *feeling*...

Trudel a un mouvement d'impatience. Les *feelings* de Kate sont proverbiaux... et toujours le prélude à une kyrielle d'embêtements.

30

— Quoi? lâche Kate sèchement.

— Tu ne changeras jamais...

— Écoute-moi.

Paul soupire.

— À la fin de notre travail, des badauds s'étaient rassemblés autour du cordon de sécurité. À première vue, rien d'inhabituel à ça, mais maintenant que j'y repense, il y avait quelque chose de... bizarre. Ils étaient anormalement silencieux. Je ne ressentais pas la fébrilité coutumière. Pas de spéculations sur le meurtrier possible, ou même sur la nature du crime. Pas de rumeurs... Comme s'ils nous épiaient.

Kate se garde bien cependant de mentionner la fillette. Elle sait ce que Paul pense de son rapport avec les enfants dans les enquêtes. Une faille de son passé dans laquelle elle retombe toujours.

— Épiaient? répète Paul, intrigué.

— Ah, c'est difficile à expliquer... J'avais l'impression qu'ils nous surveillaient...

— Tu as des preuves de ce que tu avances?

— Tu n'étais pas derrière le cordon, à ce moment. Si tu avais été là, tu comprendrais.

Paul soupire de nouveau.

— Kate... Tu sais combien je respecte ton intuition, mais franchement... Là, c'est de la pure spéculation. À t'entendre, on pourrait croire que le village conspire pour nous cacher ce qui s'est passé.

— Ce n'est pas ce que j'ai dit, rétorque Kate, agacée.

— Probablement qu'ils sont comme tous les autres villageois... Allergiques aux étrangers.

— Franchement, Paul. C'est un cliché...

— Non. Une réalité, enchaîne Trudel avec plus de douceur. On n'a pas la moindre piste. L'identité de la victime nous est inconnue, la femme ne correspond à aucun signalement de disparition, personne au village n'a vu ou entendu quoi que ce soit d'anormal, et on n'a rien retrouvé sur la scène de crime. Tu le sais comme moi... À moins que l'autopsie ne nous révèle l'identité de la victime ou – ô miracle! – celle du meurtrier, cette affaire ne sera sans doute jamais résolue.

— Parce que le budget ne le permet pas? lance Kate en colère.

Paul se contente de secouer la tête. Il ne veut pas entamer cette discussion.

— La facilité a bien meilleur goût..., marmonne Kate entre ses dents.

— Laisse tomber tes airs de sainteté, veux-tu? À ce que je sache, tu n'es pas parfaite.

Et voilà, se dit Kate, qui redoutait cet instant depuis son arrivée. Il fallait en arriver là.

— Je préférerais qu'on laisse notre vie privée à la porte.

— Je faisais référence, la coupe Paul avec froideur, à ton parcours professionnel.

Kate accuse le coup.

— J'essayais juste..., se reprend Kate, après quelques secondes d'hésitation.

— Ne recommence pas, l'avertit Paul. Pourquoi faut-il toujours que ce soit compliqué avec toi?

— Je croyais qu'on parlait du travail, réplique Kate, en le fixant droit dans les yeux.

Trudel, qui jusqu'alors soutenait le regard de Kate, abdique: Non. Il n'aura pas cette conversation. Pas ici. Pas maintenant.

— Je veux un rapport de l'affaire, dès la première heure demain.

— Mais...

— Il n'y a pas de «mais», sergent, riposte Trudel, insistant volontairement sur son grade pour clore la conversation avant de s'éloigner et de fermer la porte de son bureau derrière lui.

Enragée, Kate s'empare de sa veste et quitte l'étage. Cependant, une fois dans l'ascenseur, à l'abri des regards, elle retrouve son calme. À vrai dire, elle est soulagée que Trudel ait mis un terme à cet entretien qui ne pouvait que finir mal.

5

Kate avait passé le reste de la journée à rédiger le rapport commandé par Trudel pour le lendemain, et à ruminer sa rencontre avec lui. Elle ruminait d'autant plus que chaque nouveau détail qu'elle inscrivait au rapport venait ajouter de l'eau au moulin du lieutenant. Ils n'avaient vraiment rien après quoi s'accrocher pour enquêter. Aucune piste pour cibler un suspect. Juste une victime inconnue, morte de mains inconnues, pour des raisons inconnues. En dernier lieu, Kate avait été contente de mettre un point final à son travail à temps pour se rendre chez les Branchini, qui l'avaient invitée à souper pour célébrer la fête des Rois. Cette immersion dans la vie «normale» lui ferait le plus grand bien.

On pouvait sûrement les entendre rire jusque chez les voisins. Victoria, l'enfant du milieu, celle qui, en théorie, aurait dû être malheureuse, venait de se lancer dans une de ses nombreuses improvisations. Cette fois, avec son adorable visage lunaire, elle imitait les poses des pin-up des calendriers. Dans l'encadrement de la porte de la cuisine, un doigt enfoncé dans la bouche et l'autre plaqué sur son postérieur, qu'elle s'efforçait de rendre encore plus rebondi, elle les fixait les yeux arrondis, feignant la plus pure innocence.

— *Basta!* dit Nicoletta en riant et en lui indiquant la place libre à table. Tu es déjà suffisamment en retard.

— Qu'est-ce qu'on va faire avec elle? demande Sylvio à Kate, assise à sa droite.

Kate se contente de sourire. Elle n'oserait jamais prononcer quelque commentaire que ce soit sur cette famille, l'exception qui confirme la règle selon laquelle une famille heureuse, ça n'existe pas.

— *È bueno, mammà!* s'exclame Marco, l'aîné des enfants, en se pourléchant les babines, la bouche pleine de l'excellent osso-buco préparé par Nico.

— *Grazie, caro...,* lui répond Nico affectueusement, avant de se tourner vers Kate. Dis donc... Tu ne nous as pas dit comment s'est passé ton retour au travail?

Kate comprend que Nico s'efforce de donner un air normal à ce repas des Rois. Elle fait toujours ça, Nico. Elle rend la normalité aux choses. Un don précieux. Particulièrement quand ton mari est pathologiste et qu'il est forcé de côtoyer les pires horreurs de façon quotidienne.

— Bien, répond gentiment Kate. Même mieux que je ne l'avais espéré.

Kate sait que Nico s'inquiète pour elle. Il avait été évident, ce soir, à son arrivée, que Nico était déçue de ne pas la voir au bras de Paul Trudel. Mais elle n'avait fait aucune remarque. Nico n'essaierait jamais de forcer le jardin secret de Kate.

— Ah! *Bene, bene...,* commente Nico, avant de plonger le nez dans son assiette.

Le souper terminé, à la demande de Nico qui tient toujours à desservir seule avec les enfants,

Kate et Sylvio étaient passés au salon. Et comme toujours, leur lien d'amitié avait cédé la place au lien professionnel.

— Alors, l'inconnue de Saint-Simon? questionne Sylvio en prenant place dans son fauteuil préféré.

— C'est à toi que je devrais demander ça, dit Kate en s'assoyant sur le divan en face de lui.

Sylvio rit.

— Je te l'ai dit. Tu auras tes résultats d'ici la fin de la semaine. Tout ce que je peux ajouter à ce que je vous ai déjà envoyé, c'est que nous avions raison. Le corps est exsangue, et les mutilations ont bien eu lieu *post mortem.*

Kate est songeuse.

— Je te connais, Kate, quelque chose te chicote.

Kate hausse les épaules.

— Plusieurs choses me taraudent...

— Et l'une d'elles, dit Sylvio, qui lit Kate comme un livre ouvert, aurait-elle un rapport avec le lieutenant Paul Trudel, par hasard?

Kate le fusille du regard.

— Ah... De retour au travail depuis juste une semaine, et tu as déjà réussi à te mettre tes supérieurs à dos. Bravo. C'est un record... même pour toi.

Kate grimace.

— Oh... À moins que ce ne soit de nature personnelle?

— Depuis quand tu te mêles de ma vie privée, Branchini? rétorque Kate sur le pied de guerre.

— *Cara...* Je me mêle toujours de la vie des femmes que j'aime. Je suis italien!

Kate éclate de rire.

— Disons que, contrairement à Paul, se radoucit-elle, je crois qu'on devrait s'installer dans la région pour enquêter. J'ai l'impression que cette affaire dépasse le petit crime isolé...

— Pourtant, l'état du corps…

— Oui, oui, je sais. Le meurtrier s'est acharné. Il n'avait pas besoin d'aller aussi loin pour faire disparaître l'identité de sa victime. La passion qu'il a mise à la détruire…

— Nous indique qu'il la connaissait très bien, la coupe Branchini, et qu'il avait des motivations autres, en la frappant avec une telle violence, que d'effacer son identité. Des motivations personnelles… indiquant qu'il s'agit d'un crime «personnel».

— Je sais, mais… dans le groupe de villageois rassemblés autour de la scène, il y avait…

Puis, Kate s'arrête d'un coup et balaie l'air de sa main.

— Je déparle. Oublie ça. Nico n'a pas dit qu'il restait une part de tiramisu? lance Kate, déjà à moitié levée.

— Oui… Et c'est moi qui vais la manger, répond Sylvio en se levant et en repoussant Kate dans le divan.

Kate éclate de rire et se lance à sa poursuite.

6

De retour chez elle, après sa soirée chez les Branchini, Kate n'était pas parvenue à s'endormir. Elle n'avait cessé de ressasser l'affaire de l'inconnue du fossé, ne se résignant pas à l'abandonner à son sort de victime inconnue. Pourtant, elle savait, dans le fond, que les chances d'apprendre un jour l'histoire de cette pauvre fille étaient minces. D'autres enquêtes, sur des victimes avec des noms, cette fois, auraient bientôt préséance sur la sienne, et ce dossier finirait dans les fissures du système. Cette pensée déprimante l'avait gardée éveillée jusque tard dans la nuit.

Le matin venu, elle avait eu besoin d'une longue douche froide et de deux expressos bien tassés pour parvenir à se réveiller tout à fait. Ensuite, elle avait quitté à regret la sérénité de sa forêt enfouie sous la neige pour la grisaille de l'autoroute... et les zones d'ombre de son cerveau qu'elle serait forcée d'explorer dans le cabinet du docteur Létourneau.

La psychiatre avait obtempéré au désir de Kate de retourner au travail en faisant les recommandations nécessaires au QG, cependant elle y avait mis une condition : Kate devait continuer sa thérapie.

Impassible, Marquise Létourneau est assise bien droite derrière son bureau et observe Kate en silence.

Kate remue sur son fauteuil. Voilà près d'un an qu'elle fréquente le bureau du docteur Létourneau, et qu'elle retrouve toujours le même visage imperturbable devant elle.

À une exception près...

Le bon docteur n'avait pas réussi à rester de glace quand Kate avait finalement craché le morceau et raconté comment, alors qu'elle n'avait que neuf ans, son père avait mis fin à leur famille... Égorgeant sa mère et son frère Émile, sous ses yeux.

— Est-ce qu'on naît coupable? demande Kate à brûle-pourpoint.

Marquise Létourneau la questionne du regard.

— Je veux dire... Le sentiment de culpabilité est-il inné chez l'homme?

— Il n'est pas inné..., commence Marquise Létourneau, étonnée par la question. Les religions, la religion catholique en particulier, se chargent de nous en inculquer la notion.

Kate hoche la tête.

— Je suis certaine de ne rien vous apprendre en vous disant que le sentiment de culpabilité est intimement lié au concept du bien et du mal.

Non, pense Kate. Elle ne lui apprend rien.

— Pourquoi cette question? l'interroge la psychiatre. Cela a-t-il un rapport avec votre frère? À votre impuissance de le sauver de la mort?

Kate hausse les épaules sans répondre, puis ses yeux dérivent vers le petit sapin en plastique blanc posé sur le coin du bureau.

— On est le 8 janvier, dit Kate en jetant un coup d'œil à sa montre avant de reprendre sa contemplation de l'arbre de Noël. Êtes-vous du genre à le laisser là jusqu'à Pâques?

Marquise Létourneau sourit.

— Je comptais l'enlever ce soir.

— Ah...

Kate pianote sur les bras du fauteuil.

— Vous êtes certaine que vous ne faites pas une brèche à votre éthique professionnelle en mettant cette «chose» sur votre bureau? demande Kate en accompagnant ses paroles d'une grimace.

— Pourquoi dites-vous ça? interroge le docteur, amusée.

— Certains patients, en voyant votre sapin, pourraient croire qu'ils hallucinent.

Marquise Létourneau sourit.

— Je vois que vous avez retrouvé votre sens de la répartie.

Le regard de Kate dérive encore une fois. Elle fait du surplace, songe la thérapeute.

— Comment vous sentez-vous depuis que vous avez repris le travail?

— Normale, je suppose.

— Vous supposez? lance le docteur en fixant Kate.

— À moins que vous n'ayez une définition, incontestée et incontestable, de la normalité... Oui, je suppose que je suis normale.

Si on oublie les *flash-backs*, le retour des cauchemars et l'insomnie qui les accompagne, poursuit Kate pour elle-même, se gardant bien de révéler ses petits secrets.

Marquise Létourneau observe Kate.

— Nous en avons déjà parlé... Si au bout du compte, vous sentez le besoin de reprendre des antidépresseurs...

— «Une p'tite pilule, une p'tite granule...», fredonne Kate en ricanant. Vous croyez vraiment qu'une pilule a le pouvoir de changer une vie?

— Un antidépresseur peut vous fournir les substances chimiques nécessaires pour mieux raisonner... mieux ressentir les choses.

— Justement..., poursuit Kate avec ironie. Je préfère nettement ne rien ressentir.

Le docteur fronce les sourcils.

— Même ce qui est agréable?

Kate la fixe pendant un moment.

— Vous êtes naïve pour une psychiatre...

Patiente, Marquise Létourneau attend la suite.

— Ou, peut-être, désirez-vous simplement ne pas voir la vérité en face?

— Quelle vérité? questionne le docteur, curieux.

— Celle-ci..., poursuit Kate en se levant et en inspectant pour la millième fois les murs du cabinet. Ce qui est agréable devient inéluctablement désagréable. Rien n'est éternel. Ce n'est toujours qu'une question de temps.

— Une vision de la vie plutôt pessimiste, vous ne trouvez pas?

— Réaliste, docteur. Et quand on est réaliste, on ne risque pas d'être déçu. Donc, on n'est pas malheureux.

Kate rit.

— Je crois que je viens de trouver le secret du bonheur.

Ou la formule pour mourir en restant vivante, songe Marquise Létourneau en inscrivant une question au dossier de Kate, ouvert devant elle.

«Peut-on survivre à la culpabilité de vivre?»

7

Paul Trudel attendait patiemment dans le bureau du capitaine Julien qu'il ait fini sa conversation téléphonique. Il n'avait aucune idée du motif de sa convocation. Tout ce qu'il savait, c'est que la secrétaire de la section des crimes contre la personne lui avait dit que le capitaine Julien voulait le voir dans son bureau, tout de suite après le lunch.

— Désolé, dit Julien une fois son coup de fil terminé et le combiné déposé sur son socle.

Trudel se contente de hocher la tête, pressé d'en savoir plus sur la raison de sa présence ici.

— Paul, commence Julien, visiblement en train de tergiverser. Je ne veux pas que tu montes sur tes grands chevaux...

Trudel comprend tout de suite de quoi il s'agit.

— Le ministre Vallée t'a fait ses recommandations.

Julien soupire.

— Ce n'est qu'une demande..., commence ce dernier.

— Qu'est-ce qu'il veut?

— Savoir si on compte fermer le dossier.

Trudel le fixe.

43

— Ça ne l'intéresse pas d'apprendre ce qui est arrivé à sa femme? demande Trudel avec sarcasme.

— Bien sûr! Mais j'ai lu le dossier. Vous êtes dans le noir total. Vous n'avez aucune piste...

— Je ne comprends pas où tu veux en venir.

— Avec le peu de chance qu'on a de la retrouver, et les élections qui s'en viennent au printemps...

— Le ministre Vallée préférerait que les choses ne traînent pas en longueur, le coupe Paul froidement.

— Écoute... Je n'aime pas plus la situation que toi, mais il faut comprendre son point de vue.

— Depuis quand?

Julien respire lourdement.

— Je ne te suggère pas de fermer officiellement le dossier, juste d'envoyer un communiqué à la presse.

— Un communiqué? s'insurge Trudel. Dicté par le ministre?

— Indiquant, poursuit Julien, que nous avons épuisé toutes les pistes et avons abandonné presque tout espoir de la retrouver. Ça devrait calmer les médias.

Trudel ravale un juron.

— Pas nécessaire de t'étouffer! Tu sais comme moi que c'est la vérité.

— Je suppose qu'il est inutile que je t'explique les mille raisons pour lesquelles je ne suis pas d'accord avec ce geste?

— Exact, dit Julien, en le regardant droit dans les yeux, endossant son grade de capitaine. Ce serait inutile.

Bordel! jure Trudel intérieurement en sortant du bureau. Je ne suis pas entré dans la police, mais en politique!

Dans le fond, ce qui agace véritablement Paul, c'est l'étau dans lequel il se retrouve. Coincé entre

44

les ordres du capitaine Julien et la croisade que Kate ne manquera pas d'entreprendre en entendant la nouvelle.

8

Intrigué par la cause des mutilations aux bras et aux jambes de l'inconnue de Saint-Simon-de-Tring, Branchini avait demandé à Roger Leclerc, son assistant, de vérifier à l'aide de radiographies si on ne pouvait pas y déceler d'anciennes fractures. Le meurtrier avait peut-être cherché à camoufler ces fractures parce qu'elles étaient susceptibles de leur fournir un indice sur l'identité de la victime.

L'assistant pathologiste avait fait le nécessaire, mais après avoir examiné les clichés, il doutait à présent que l'on puisse déduire quoi que ce soit de tout ce fouillis. Les os étaient en miettes. Si le tueur avait voulu rendre impossible toute identification, il avait réussi, croyait Roger.

Celui-ci avait beaucoup d'opinions. Un trait de personnalité qui tombait royalement sur les nerfs de Sylvio Branchini. Il avait bien essayé de lui trouver un remplaçant, mais le drame, c'est qu'il n'arrivait pas à trouver quelqu'un d'aussi compétent que «Roger-le-petit-parfait». Un surnom dont l'avait baptisé l'étage de la pathologie au grand complet.

Une fois son travail achevé, Roger, malgré l'heure tardive, s'était mis en tête de passer le reste du squelette aux rayons X. Il avait donc consciencieusement radiographié les restes du crâne, le bassin, la colonne vertébrale, puis les mains et les pieds de la victime. Les clichés développés, il les avaient alignés sur la table lumineuse et s'appliquait à les analyser, un à un.

— Mais qu'est-ce…, dit-il tout haut, en rapprochant les radiographies des mains de celles des pieds. Mais… est-ce possible? se demande-t-il, en les retournant dans tous les sens.

Il jette un coup d'œil à sa montre. Dix-neuf heures…

Son premier réflexe est d'appeler Branchini, mais il hésite, sachant que le chef pathologiste n'aime pas qu'on le dérange pour rien pendant les heures de repas. Est-ce que j'ai raison? se répète-t-il en examinant de nouveau toutes les radiographies, au cas où il pourrait découvrir autre chose qui vienne étayer, ou démolir, sa théorie.

Une radio frontale de la cage thoracique retient son attention. Entre la troisième et la quatrième côte… Mais qu'est-ce…?

Ne parvenant pas à trancher, l'assistant décide de jouer de prudence et de téléphoner à Branchini.

Pour une fois, Roger-le-petit-parfait ne le regretterait pas.

9

Comme après chaque consultation avec sa psychiatre, Kate avait passé le reste de la journée à remettre sa vie en question. Bien sûr, avec le temps, Marquise Létourneau avait gagné son estime, mais Kate voulait tout simplement en finir. Elle en avait assez de ce fouille-merde. Cependant, elle était quand même forcée d'admettre qu'elle ne se sentait pas aussi normale qu'elle le prétendait. Ses secrets à l'endroit de la psychiatre en témoignaient largement.

Kate jure tout haut dans sa voiture. Elle vient de manquer le tournant de la route provinciale 108. C'est ainsi depuis le début de la journée, se dit-elle, je manque tous les tournants. Puis elle se ravise. C'est ainsi depuis le début de ta vie, pauvre fille, se corrige-t-elle.

Après avoir effectué un demi-tour dans l'entrée d'une maison, sous l'œil méchant de la propriétaire cachée derrière les rideaux de la cuisine, Kate, cette fois, négocie le bon virage et poursuit sa route vers Saint-Simon-de-Tring.

Kate regarde l'heure. Dix-neuf heures trente, et en janvier il fait noir comme en pleine nuit. Le sergent aurait voulu arriver plus tôt à destination, mais à son rendez-vous avec la psychiatre avait succédé un éventail impressionnant d'imprévus de toutes sortes, dont le moindre était une panne de sa voiture de service sur le bord d'une route déserte où elle avait dû poireauter près d'une heure avant qu'on vienne la chercher. Kate aurait pu attendre le lendemain pour rendre visite à l'homme ayant découvert le corps de la victime, mais elle était pressée d'interroger Joseph Thomas, avant que son portrait mental de la scène ne s'estompe.

Kate se frotte les yeux. Éclairés par les puissants phares de sa voiture, de gros flocons de neige arrivent à toute vitesse sur son pare-brise et créent un effet hypnotique qui brouille son champ de vision.

— *Shit!* s'exclame-t-elle, évitant de justesse le fossé.

Le cœur battant, elle repositionne la voiture au centre de la chaussée. Elle sait pourtant qu'elle devrait se méfier de ces petites routes de campagne. Les charrues, lors des tempêtes, ont la mauvaise habitude de déblayer par-dessus les fossés, qui, une fois remplis, donnent faussement l'impression d'être un bas-côté.

Soulagée, Kate soupire en apercevant la pancarte de Saint-Simon-de-Tring. Après moins de trois kilomètres, elle arrive enfin chez Joseph Thomas.

— Oui? grogne l'homme râblé qui lui ouvre la porte.

— Sergent Kate McDougall, SQ, dit-elle en lui tendant sa carte. J'aurais quelques questions à vous...

Kate s'arrête soudainement.

— On dirait que vous venez de voir le diable, lâche l'homme.

— Non, non... Désolée. Je peux entrer?

Malgré son déplaisir évident, l'homme lui fait signe de le suivre dans la cuisine, où sa femme, malingre et aussi hermétique que lui, finit d'essuyer la vaisselle.

— Assoyez-vous, dit l'homme en s'assoyant lui-même, sans attendre la réponse de Kate. Qu'est-ce que vous voulez savoir?

Kate, qui n'a pas arrêté de l'observer depuis qu'il lui a ouvert, comprend à présent ce qui l'a frappée.

— Je vous ai vu l'autre jour sur la scène du crime, derrière le ruban jaune... Vous étiez avec une jeune fille...

L'homme fronce les sourcils.

— Ma fille... Sara.

— Elle était avec vous lorsque vous avez découvert le corps? interroge Kate, surprise.

— Non... Elle est venue à pied du village... Pour voir... Comme les autres.

Quel âge a cette enfant, songe Kate, douze, treize ans? Elle aurait marché presque deux kilomètres à pied dans le froid... pour «voir»?

— C'est tout ce que vous vouliez savoir? questionne l'homme avec rudesse, devant le silence de Kate.

— Excusez-moi... Je réfléchissais à votre fille. Elle est bien jeune pour avoir fait cette distance, seule... et avec ce froid.

Un rictus de dédain déforme le visage de l'homme.

— Ça se voit que vous êtes de la ville pour dire une chose pareille...

Kate choisit de ne pas poursuivre cette voie.

— Je voudrais que vous essayiez de vous rappeler, enchaîne-t-elle plutôt, la première chose que vous avez vue en arrivant près du fossé.

Un silence s'installe avant que Thomas se décide à répondre.

— J'ai un pâturage à la sortie du village. Je voulais solidifier un poteau de clôture qui était en train de tomber. Avec le poids de la neige, il risquait d'emporter le reste de la barrière. En m'approchant, j'ai remarqué des pistes fraîches de coyotes dans la neige... J'ai dû les faire fuir en arrivant...

Kate s'affaisse sur sa chaise.

— C'est ça que vous vouliez savoir? demande l'homme, inexpressif.

Et vlan pour l'hypothèse de la bâche déterrée par un humain, songe Kate, soudainement lasse. Pourquoi faut-il toujours que j'échafaude les pires théories?

— Vous avez identifié la victime? lance l'homme à brûle-pourpoint.

— Avez-vous des raisons de croire que vous la connaissez? rétorque Kate sur le qui-vive.

Thomas ne répond pas, mais semble réfléchir à la question.

— Vous pensez savoir qui c'est? insiste Kate.

— Ce ne peut être qu'une étrangère, dit-il, énigmatique. Une étrangère venue semer le mal dans notre village.

— Le mal?

Les pupilles noires de l'homme se dilatent jusqu'à former deux cercles d'épouvante.

— Le mal existe, mumure-t-il. Que vous y croyiez ou non.

Déroutée par l'étrangeté de la conversation, Kate voudrait poursuivre, mais la sonnerie de son portable accroché à sa ceinture l'arrête.

— McDougall, répond-elle.

— C'est Sylvio. J'ai quelque chose d'intéressant pour toi...

— Tu es où?

— Autopsie.

— Ça ne peut pas attendre à demain?

— *Cara*, je te connais... Tu voudras voir ce que j'ai à te montrer.

Kate vérifie l'heure. Vingt heures trente...

— J'arrive, concède-t-elle, espérant ainsi terminer sa journée sur une note plus positive.

Kate se lève.

— J'aimerais bien continuer cette discussion avec vous, mais je dois me rendre à Montréal. Merci pour votre temps, monsieur Thomas.

Ce dernier se contente de la devancer dans le corridor pour lui ouvrir la porte.

— Oh... juste une autre question? Qu'est-ce que votre fille vous a dit avant que vous montiez dans votre camionnette pour quitter la scène du crime?

Joseph Thomas est visiblement surpris par la question.

— Vous vous souvenez? réitère Kate.

L'homme se racle la gorge.

— Elle m'a dit qu'elle avait froid... À mourir.

Puis il ouvre la porte d'entrée qu'il referme aussitôt derrière Kate.

Sur le seuil de la maison, en remontant la fermeture éclair de son parka, Kate se rappelle l'ange de papier dans la neige. Lui aussi avait l'air de mourir de froid...

10

Exactement deux heures plus tard, Kate était à Montréal et posait les pieds dans la salle d'autopsie.

— D'après mes déductions, dit Branchini en jetant un coup d'œil à l'horloge accrochée au mur, tu as fait du cent quarante à l'heure.

— À peine, dit Kate. Alors? Qu'est-ce que tu as pour moi?

Sylvio sourit.

— Combien tu me donnes?

— Rien. C'est plutôt toi qui vas m'héberger pour m'avoir fait venir à Montréal à cette heure.

— C'est Nico qui va être contente, lance Sylvio, ravi de ramener Kate chez lui.

— Alors, dépêchons-nous!

Sylvio l'entraîne dans l'autre salle, où, à sa demande, Roger-le-petit-parfait a étalé les radiographies de la victime.

— Vous avez trouvé une fracture identifiable, dit aussitôt Kate.

— Non. Mais tu ne seras pas déçue, ajoute-t-il mystérieusement.

Kate le suit, intriguée.

— Regarde ces radiographies…

Kate jette un coup d'œil aux clichés des pieds et des mains alignés sur la table lumineuse.

— Oui, et ?

— Tu ne remarques rien ?

Kate hausse les épaules.

— Observe les métacarpes et les métatarses...

Kate scrute de plus près la série de cinq os qui forment la main et le pied.

— Le métacarpien du centre, précise Branchini en lui indiquant une des radios des mains, tu vois ?

— Il est... fracturé, commente Kate.

— Et celui-ci ? poursuit Branchini, en pointant l'autre main, sur l'autre radio.

— Fracturé aussi, dit Kate de plus en plus intriguée.

— Maintenant, regarde bien les pieds...

Kate prend les deux radiographies.

— Les métatarsiens du centre ont la même fracture.

— Maintenant, si tu veux me suivre...

Branchini la ramène dans la salle d'autopsie où se trouve le corps. Il lui indique les os mis à nu de la main droite.

— Tu vois l'indentation sur le métacarpien fracturé... et sur l'autre à côté ? Maintenant, la main gauche...

— Les indentations apparaissent identiques...

— Exact. Elles sont aussi identiques à celles sur les os des pieds.

Kate le dévisage, étonnée.

— Le même objet a traversé les mains et les pieds.

— Le même objet ? Tu veux dire que quelqu'un a transpercé volontairement les mains et les pieds de l'inconnue ?

Sylvio hoche la tête.

— Je ne vois pas…

— C'est simple. Il apparaît que quelqu'un a crucifié ta victime!

6 avril 1989

Cécile Pouliot arborait un large sourire en faisant sa promenade dominicale. Et pour cause. Encore une fois cette année, le Festival beauceron de l'Érable avait été une réussite. Certes, avec ses quatre-vingt-dix ans sonnés, elle n'était pas la personne la plus importante dans l'engrenage de cette manifestation, mais, à sa façon, elle savait se rendre utile. Son défunt mari ayant été un des plus importants producteurs acéricoles de la région, Cécile Pouliot connaissait tous les us et coutumes liés à la récolte printanière de l'eau d'érable, et elle partageait généreusement son savoir avec les organisateurs. Néanmoins, là où elle devenait carrément irremplaçable, c'était dans sa façon vibrante de raconter aux festivaliers des histoires remontant à plus de cent cinquante ans. Des histoires, transmises de génération en génération, rappelant les épisodes de verglas qui avaient démembré plus d'un érable, les printemps aux nuits trop chaudes qui, le jour venu, laissaient les arbres stériles, et les feux de forêt qui, en consumant des érablières entières, anéantissaient aussi les familles qui les exploitaient.

Cécile Pouliot avait donc bien des raisons de sourire en ce beau dimanche de printemps.

Toutefois, malgré sa bonne humeur, en parcourant les sentiers de l'érablière appartenant désormais à son fils, Cécile ne pouvait s'empêcher de sentir un pincement au cœur en songeant combien la culture de l'érable avait changé au fil des ans.

59

Elle se rappelait avec nostalgie l'époque où, en compagnie de son mari, chaussés de raquettes, ils « couraient les sucres », entaillant chaque érable avec amour, déjà reconnaissant pour le précieux suc qu'ils recueilleraient bientôt des chaudières suspendues aux arbres. Aujourd'hui, un système complexe de tubulures reliant en permanence les érables à la cabane à sucre, l'eau d'érable était pompée automatiquement dès qu'il y avait une coulée, et cela, sans la moindre intervention humaine.

Dès leur installation, les tubes de plastique bleu avaient fait frissonner Cécile. Elle savait que c'était ridicule, mais elle avait l'impression de voir de longues veines bleues qu'on avait extirpées des arbres pour les vider de leur sang. Cette analogie avec le corps humain confirmait, croyait-elle, sa théorie selon laquelle la technologie avait transformé un geste organique en geste de mort. Car Cécile croyait fermement que les arbres avaient besoin du contact humain pour survivre au traitement qu'on leur imposait. Et que si les érablières dépérissaient, ce n'était pas à cause des pluies acides, des pesticides ou du réchauffement climatique, mais parce que les érables avaient besoin de chaleur humaine. Son fils souriait gentiment lorsqu'elle se lançait dans ses diatribes, mais ne répondait jamais. À chaque génération ses croyances.

Cécile se faisait justement la réflexion quand elle s'arrêta au milieu du sentier. Elle savait qu'elle aurait dû changer ses lunettes depuis belle lurette, mais – elle en était présentement convaincue – ni sa mauvaise vue ni son imagination fertile ne pouvaient être responsables du spectacle qui s'offrait à ses yeux.

Cécile Pouliot fit son apparition dans l'église bondée de Saint-Gédéon, alors que commençait la « messe des sucres », célébration marquant la clôture du festival.

Le vacarme qu'elle fit en ouvrant les portes de la petite église et l'état dans lequel elle se trouvait arrêtèrent net le curé dans son discours de bienvenue. Le récit qu'elle livra ensuite en fit pâlir plus d'un.

Cécile Pouliot avait vu, de ses yeux vu, entrelacé aux tubes bleus reliant deux érables, le corps sans vie d'une adolescente dénudée. À ses pieds, sur ses vêtements pliés en petit tas, une note...

« Ils m'ont vidée de ma sève. Maintenant... je dois mourir. »

11

— Où s'en va le monde…, soupire Labonté en éteignant la petite radio qu'il garde dans son veston pour écouter les matchs de hockey et les nouvelles. Qu'est-ce qui se passe dans la tête des jeunes quand ils commettent de pareils crimes?

Labonté fait référence à la nouvelle du jour: trois adolescents ont, apparemment pour des motifs religieux, incendié une mosquée de la Rive-Sud de Montréal.

— C'est la seconde fois en moins d'un an que cette communauté musulmane fait la manchette, dit Jolicœur.

Kate et Labonté se regardent.

— Ils ont déjà eu des problèmes avant? interroge Kate.

— Non… Je fais référence à la couverture médiatique autour de l'affaire de la charia[8].

— Ah, oui, je me souviens, dit Kate. Le leader de leur communauté a pris la parole, et il s'est publiquement opposé au projet de loi visant la création d'un tribunal islamique.

---

8. Loi canonique islamique.

— Une communauté *soft*…, précise Labonté.

— Rien de surprenant, enchaîne Jolicœur. La majorité de la communauté est afghane. Ils ont fui le pays à la montée des intégristes. Tu peux me croire, ils sont loin du fondamentalisme islamique.

Labonté est impressionné par les connaissances de Jolicœur sur le sujet. Il l'observe, le visage grave, puis, tout à coup, un sourire se dessine sur son visage.

— Quoi? lâche Jolicœur sur la défensive.

— Je ne t'aurais pas pris pour un amateur de voile.

— De quoi tu parles?

— Comment se fait-il que tu en saches autant sur cette communauté?

Jolicœur, soudain cramoisi, ne répond pas.

— Je le savais! s'exclame Labonté, fier de son coup. Il y a une femme là-dessous.

— Tu dis n'importe quoi, le gronde Kate.

— Jolicœur fait le joli cœur, poursuit Labonté, mort de rire.

Jolicœur est sur le point de lui lancer une réplique assassine quand Trudel entre dans la salle de réunion.

— Excusez mon retard… L'affaire de la mosquée tient tout le monde en haleine. Une conférence de presse n'attend pas l'autre.

Le silence flotte.

— Bon…, attaque enfin Trudel, au grand soulagement de Jolicœur, qui vient sans doute d'en révéler plus sur sa vie privée que durant ses trente dernières années à la SQ. Vos idées là-dessus…

Il pointe du doigt le rapport d'autopsie de la femme inconnue de Saint-Simon-de-Tring, posé sur la table.

— Les conclusions de Branchini ne laissent aucun doute, dit Kate. La victime a bel et bien été crucifiée.

— Et la cause officielle du décès?

— Exsanguination due à une perforation au flanc gauche, entre la troisième et quatrième côte, répond Kate.

Trudel la dévisage.

— Tu as bien compris... Quelqu'un s'est amusé à reproduire la crucifixion. Des clous, jusqu'au coup de lance dans le flanc. Bien que, selon Branchini, il s'agisse plutôt d'un couteau de cuisine.

— J'ai effectué une nouvelle recherche dans le SALVAC, dit Jolicœur, en ajoutant les détails de la crucifixion... Toujours pas de M.O. ressemblant à notre tueur.

— Des signes d'agression sexuelle? poursuit Trudel.

— Au contraire, dit Jolicœur.

— Comment? questionne Trudel, dérouté.

— Selon Branchini, s'amuse Jolicœur, la victime serait vraisemblablement vierge. Et il ne fait pas référence à son signe astrologique.

— Vierge? répète Trudel. Pourrait-elle être plus jeune que présumée?

— J'ai posé la question à Sylvio, répond Kate. Impossible. L'état de ses os indique, bel et bien, qu'elle a entre vingt et trente-cinq ans. Possiblement plus près de trente...

— Vierge, à trente ans... Surprenant de nos jours, glisse Jolicœur.

— Pas tant que ça, dit Labonté. Pense au mouvement des *Born again virgin*...

— Les quoi? s'étouffe Jolicœur.

65

— *Born... again... virgin.* Née à nouveau vierge, traduit littéralement Kate. Un mouvement de femmes célibataires, ayant déjà eu des rapports sexuels, mais décidées à ne plus en avoir jusqu'à ce qu'elles rencontrent l'âme sœur et se marient.

— Il y en a même qui vont en chirurgie se faire greffer un hymen, ajoute Labonté.

— Jésus-Christ! s'exclame Jolicœur, découragé. C'est le monde à l'envers.

Trudel soupire.

— Laissons sa virginité de côté. Toujours rien pour l'identifier?

Les trois sergents hochent la tête en guise de réponse. Les résultats de leur recherche ont confirmé que l'ADN de l'inconnue n'est fiché dans aucune banque de données.

— À part un fou furieux, dit Jolicœur au bout d'un moment, qui tuerait de cette façon?

— Quelqu'un de religieux... Ou plutôt quelqu'un qui en veut à la religion, enchaîne Labonté qui, apparemment, a une idée derrière la tête.

Tous les yeux se tournent vers lui.

— Je pensais à l'affaire de la mosquée de ce matin... Puis à l'incendie, l'année dernière, de la bibliothèque juive...

Kate soupèse les propos de Labonté avant de conclure:

— Dans les deux cas, les coupables n'ont pas essayé de camoufler leurs gestes... Et il n'y avait pas de victime. Non. Je ne crois pas que nous ayons affaire à un crime haineux. Mais, tu as raison, Labonté... Ça ne veut pas dire que le tueur ne cherche pas à attirer l'attention sur la religion. Peut-être que cette histoire de crucifixion n'est qu'un leurre... Pour nous éloigner de la vérité. Comme les mutilations...

— Dans tous les cas, on ne peut que spéculer, conclut Trudel.

— Ce qui veut dire? questionne Kate qui sent venir le problème.

— Qu'on n'a aucune piste pour l'instant. Aucune piste justifiant de mettre la priorité sur cette investigation.

— Une femme crucifiée et mutilée sauvagement ne justifie pas la poursuite d'une enquête? s'insurge Kate aussitôt.

Trudel serre les poings.

— Vous pouvez y aller, dit-il à l'intention de Labonté et de Jolicœur, en leur indiquant la porte.

Se sentant pris en sandwich, ces derniers s'éclipsent sans demander leur reste.

Trudel prend une grande inspiration.

— Je suis ton supérieur, Kate, dit-il avec froideur après un instant. Que ça te plaise ou non. Si tu n'es pas à l'aise avec cette idée, il vaudrait mieux demander un transfert.

— Je n'ai aucun problème avec le fait que tu sois mon supérieur. J'en ai avec ta manière de boucler les enquêtes.

— Bordel! jure Trudel.

— Vas-tu abandonner l'inconnue à son sort, comme tu l'as fait avec Évelyne Vallée? s'insurge Kate.

Trudel savait que, tôt ou tard, Kate lui reprocherait le communiqué envoyé à la presse.

— Il ne faut pas confondre les enquêtes, réplique-t-il pour s'en tirer.

— Très bien! rétorque Kate qui ne veut pas lâcher le morceau. Oublions Vallée. Mais la crucifiée… Ne viens pas me dire que tu ne crois pas à quelque chose qui dépasse notre entendement dans ce crime…

Trudel aurait envie de lui répondre que tous les crimes dépassent l'entendement, mais il ne le fait pas. Il est trop en colère. Contre Kate, qui s'obstine à ne pas comprendre que le système l'oblige à prendre de telles décisions. Et contre lui-même. Parce que, contrairement à Kate, il n'oppose plus aucune résistance à ce système.

— Ce sont les faits qui m'intéressent, finit-il par dire. Les spéculations ont peu d'importance... Et je te conseille de raisonner de la même façon, ajoute-t-il en se dirigeant vers la sortie.

— Tu veux dire comme un bureaucrate, marmonne Kate en ramassant les dossiers sur la table.

— As-tu bientôt fini? l'intime Paul, revenant sur ses pas. L'inconnue de Saint-Simon-de-Tring n'est pas la seule affaire dont le Bureau s'occupe. Nous n'avons ni les ressources ni le personnel pour perdre notre temps en conjectures sur une affaire. C'est une question de priorités.

— Tes priorités...

Paul est sauvé du discours de Kate par le carillon de son cellulaire.

— Lui-même..., tonne Trudel en prenant la communication. Ah... Capitaine Bédard... Oui... Oui... Oui... Très bien, dit Trudel avant de couper la ligne.

Quelque chose dans son regard a changé.

— Qu'est-ce qui se passe? demande Kate, sur le qui-vive.

Trudel reste un moment muet, puis se décide à parler.

— Évelyne Vallée...

— Oui?

— Ils viennent de la retrouver dans un fossé. Une balle dans la tête.

Kate le fixe toujours.

— À Saint-Simon-de-Tring.

Le silence s'insinue dans le bureau de Trudel comme un serpent venimeux.

— Dis ce que tu as à dire, lance Paul froidement.

— Deux crimes, coup sur coup, dans le petit village de Saint-Simon-de-Tring..., commence Kate en le regardant droit dans les yeux. Est-ce assez factuel pour toi?

12

Installé sur le siège passager de la voiture de service, Labonté fixe Jolicœur depuis qu'ils ont quitté Montréal en direction de Saint-Simon-de-Tring. Ils font équipe depuis près de dix ans, et Labonté n'a jamais imaginé que Jolicœur puisse avoir une femme dans sa vie. Personne au QG, d'ailleurs. Pour tous, sans exception, Jolicœur est un célibataire endurci, autant dire un vieux garçon.

— Pose-la ta question, lâche abruptement Jolicœur, qui en a assez d'être le sujet d'autant d'attention.

— Ça fait longtemps que tu... que vous... que tu es en relation avec cette communauté? finit par balbutier Labonté, qui se sent maintenant tout à fait ridicule de s'immiscer ainsi dans la vie privée de Jolicœur.

Ce dernier jette d'abord un œil sur le paysage qui défile, puis prend la parole.

— Quand tu étais en congé de maladie, dit Jolicœur, j'ai enquêté sur une histoire de vol dans un magasin d'électronique de la Rive-Sud. Un jeune garçon d'origine afghane était soupçonné...

— Profilage racial?

— Mon enquête a révélé que ce n'était pas lui, mais le fils du propriétaire qui avait commis l'effraction... Pour s'offrir l'ordinateur dernier cri que son père lui refusait.

Labonté soupire de découragement. Dans quelle société vit-on pour qu'un enfant vole son père parce qu'il n'obtient pas sur-le-champ tout ce qu'il désire? Où sont rendues nos valeurs? songe Labonté.

— Le jeune Afghan... Il s'appelait Akim.

Labonté hoche la tête.

— Sa mère... Une femme courageuse. Elle a perdu toute sa famille aux mains des Talibans. On ne peut même pas imaginer une seconde tout ce qu'ils ont souffert, s'exclame soudain Jolicœur, révolté.

Labonté songe aux paroles de Jolicœur. Non, il ne peut pas imaginer. Pas plus qu'il ne comprend leur religion, ou leur mode de vie. Tout cela est si loin de lui. Et de la majorité des Québécois, conclut-il pour lui-même.

Labonté peut cependant comprendre la douleur liée à la perte d'un être cher, lui dont la fillette de quatre ans s'est noyée dans la piscine familiale.

— Toi et cette femme..., poursuit-il quelques secondes plus tard.

— Non, le coupe sèchement Jolicœur. Ce n'est qu'une amie.

Le silence s'installe dans la voiture, puis, après ce qui semble une éternité, à la grande surprise de Labonté, Jolicœur se remet à parler.

— Étrange comme le monde a changé. Enfant, les seules fois où ça m'est arrivé d'entrer en contact avec des minorités visibles, c'est dans les toilettes des stations-service américaines, pendant nos vacances d'été au bord de la mer. Posté à l'entrée des toilettes, il y avait toujours un Noir. Un préposé à l'entretien. Aujourd'hui... ce serait inimaginable.

— Le visage du Québec a changé...

— Justement, c'est à ça que je pensais. Tout le monde n'a pas la même aptitude au changement.

— Et?

— De toute évidence, la crucifiée doit être une étrangère. Sinon un des habitants du village l'aurait identifiée... ou aurait signalé sa disparition.

— Encore une fois... Et?

— Évelyne Vallée était aussi étrangère au village...

— Tu crois qu'il s'agit d'une sorte de chasse aux étrangers? demande Labonté, pas du tout convaincu du bien-fondé de cette hypothèse.

— Je ne crois rien. Je brasse des idées. Tu vois, je crois que les humains ne peuvent plus vivre en parallèle. Alors, inévitablement, leurs différences se croisent...

— Et l'intolérance naît, complète Labonté qui finit par deviner les pensées de son collègue.

13

Trudel avait abandonné Kate aux abords de la scène et s'était dirigé vers le poste de Beauce-Mégantic, où il devait s'entretenir avec le capitaine Bédard, quant à la marche à suivre pour tenter de maintenir les médias à l'écart de l'enquête. Si la chose était encore possible. Car, avides du plus petit scoop, les journalistes campaient déjà sur les lieux. On ne retrouvait pas tous les jours le cadavre de la femme d'un ministre dans un fossé. Après tout... On n'était pas dans un pays du tiers-monde où les assassinats politiques sont légion. On était au Québec!

Kate se penche sur le fossé d'où l'on vient d'extraire le corps d'Évelyne Vallée.

— La bâche dans laquelle elle était enveloppée est identique à celle de l'inconnue, murmure Kate à Labonté, courbé à ses côtés. Une marque commerciale répandue. Comme l'inconnue, je doute qu'on y relève l'empreinte du tueur.

Labonté se contente d'opiner du chef. Il ne voudrait surtout pas que les reporters massés de l'autre côté du ruban jaune entendent leur conversation. Tel que l'avait innocemment prédit Labonté, on discutait déjà abondamment à la radio de la trame terroriste, laissant entendre que les positions radicales du ministre en faveur de l'interdiction du port du voile dans les écoles en avaient fait la cible d'un groupe d'extrémistes.

— *Bullshit!* s'exclame Jolicœur en jetant dans le fossé l'édition spéciale d'une feuille de chou qu'il tient à la main. *Bullshit!*

— Jolicœur, ne commence pas, l'avertit Kate, qui sait que ce dernier ne refuserait pas une escarmouche avec un des journalistes.

— Ils mériteraient une bonne correction..., bougonne Jolicœur.

— Qu'est-ce qu'on sait? demande Kate, à voix basse, pour faire diversion.

Labonté ouvre son carnet de notes.

— Des employés d'Hydro-Québec ont découvert la victime. On les avait envoyés pour réparer un transformateur. En tentant de dégager la base du poteau électrique, ils ont accidentellement déneigé la bâche.

— D'après les premières observations des techniciens appelés sur la scène, poursuit Jolicœur, consultant à son tour ses notes, la victime pourrait avoir été tuée dès sa disparition en novembre.

— Comme l'inconnue, réfléchit Kate, à voix haute.

— Mais elle n'a pas été mutilée, précise Labonté. Et comme le gel a préservé le corps de la décomposition... Il a été facile de l'identifier.

— Son visage est presque intact, ajoute Jolicœur.

Kate jette un regard en direction du fourgon, dans lequel les techniciens ont rangé le corps de Vallée, et qui s'appête maintenant à prendre la direction de la morgue de Montréal.

— Vous étiez sur l'affaire en novembre dernier... Qu'est-ce que vous en pensez?

Les deux agents haussent les épaules presque simultanément.

— Nous avons tout fait pour la retrouver, dit Jolicœur. Morte ou vivante. Nous n'avions pas le choix. La presse était à nos trousses. Commettre une erreur, oublier un détail… Crois-moi, ce n'était pas possible. Notre travail était scruté à la loupe.

— Je te crois, dit Kate, tout en jetant un regard oblique vers la horde des journalistes.

— Jolicœur pensait qu'elle avait tout simplement quitté le bonhomme en douce…

Kate se tourne vers Jolicœur.

— La réputation du gars aurait pu justifier son geste…, poursuit Jolicœur maintenant gêné de sa conclusion.

— De toute manière, nous n'avions aucun indice. Pas de témoin, pas de suspect… Elle avait disparu dans la brume.

À cette remarque, Jolicœur sourit.

— Labonté n'a jamais dit aussi vrai. Le jour de sa disparition, on avait battu des records de chaleur. Vingt-cinq degrés pour un 15 novembre! Dans la soirée, la chute de température soudaine avait causé un épais brouillard dans toute la région.

— Tu travailles pour la météo les fins de semaine? ironise Kate, surprise de la précision de son souvenir.

— Non, la brume avait causé un carambolage monstre sur l'autoroute. Plus de quarante véhicules impliqués!

— Oui, je me souviens à présent, dit Kate en réfléchissant un instant avant de poursuivre. Qui a signalé sa disparition?

— Son mari, le ministre, répond Labonté. Apparemment, en revenant d'une réunion à Québec, elle aurait téléphoné de son cellulaire pour l'avertir qu'elle allait s'arrêter en chemin. À cause du brouillard justement.

— La communication, qui était mauvaise, s'est coupée avant que le mari comprenne le nom de la ville où elle comptait faire une halte. Comme il n'avait alors aucune raison de s'inquiéter, il n'a signalé sa disparition que le lendemain midi, voyant qu'elle ne rentrait pas, et qu'elle ne répondait plus à son cellulaire.

— L'emploi du temps du mari? s'enquiert Kate.

— Béton, répond Labonté. Il était en réunion au cabinet du premier ministre quand elle a téléphoné, et la réunion s'est poursuivie jusque tard dans la nuit.

Alors que Kate hoche la tête, deux agents de la SQ traversant le cordon attirent son attention.

— Ah, voilà nos hommes! lance-t-elle à Labonté et Jolicœur.

Il était facile de constater, à leur nervosité apparente, que les sergents Gilbert et Garon du poste de Beauce-Mégantic n'étaient pas habitués à la présence des médias.

— Content de vous voir prendre la relève, dit le sergent Garon, le plus vieux des deux agents, en tendant la main à Kate.

— Alors? dit Kate sans ambages. Qu'est-ce que vous avez pour nous?

Garon fait signe à Gilbert, qui se dépêche de remettre un dossier à Kate.

— C'est tout ce qu'on a…, dit sèchement l'agent, nettement moins accueillant que son coéquipier.

Kate ouvre le dossier. Mince. Très mince. Apercevant du coin de l'œil un mouvement dans la foule, elle arrête cependant de le feuilleter et se tourne en direction de la horde de journalistes de l'autre côté du cordon à laquelle se sont ajoutés des habitants du village. Elle fouille des yeux l'assistance…

— Vous cherchez quelqu'un? interroge l'agent Gilbert.

— Non, non..., répond Kate préoccupée. Ça va.

Mais elle continue quand même de scruter l'attroupement. Quelque chose, ou quelqu'un, a capté mon attention, se dit-elle, mais quoi ou qui? Kate a beau détailler les curieux, elle ne voit pourtant rien de particulier. Résignée, elle ferme soudain le dossier, resté ouvert dans ses mains.

— Je le lirai plus tard. Il paraît que vous avez aménagé des bureaux pour nous...

Les sergents Gilbert et Garon se regardent.

— Des bureaux? demandent les agents presque à l'unisson.

14

À présent, Kate comprenait la surprise des agents Gilbert et Garon. Les bureaux, que Bédard, le capitaine du poste de Beauce-Mégantic, leur avait fait libérer, n'étaient en réalité qu'un réduit servant de rangement et qu'il avait baptisé, par pur sarcasme, «bureau de crise». Crise de nerfs, songe Kate, coincée entre le classeur de fortune, la table de bridge transformée en table de réunion et les quatre chaises mises à leur disposition.

— Merci, dit-elle enfin au capitaine, un homme dont la carrure, à elle seule, emplit le cadre de porte.

— À votre service, sergent, répond-il, sans, pour autant, en penser un traître mot.

Même si cela faisait l'affaire du sergent Garon que l'équipe de Montréal prenne la situation en main, ce n'était pas le cas pour le sergent Gilbert et, encore moins, pour le capitaine Bédard. Le premier en raison de sa méfiance envers les étrangers et le second parce qu'il aurait préféré laver le linge sale du coin en famille. Et surtout pas en présence d'une femme. Kate était certaine que Bédard était de ceux qui juraient que la SQ n'était plus ce qu'elle avait été depuis l'admission des femmes au sein de l'organisation.

81

Kate soupire en songeant qu'elle ne vivrait peut-être pas assez longtemps pour voir le jour où être une femme ne serait pas un handicap. La libération de la femme aura servi à quoi? pense Kate. Donner une justification de plus à l'impuissance de certains hommes?

— Kate?

Sortant de ses réflexions, elle aperçoit Paul dans l'embrasure de la porte.

— Dix sous pour tes pensées...

— Tu ne veux pas les entendre. Crois-moi.

Trudel rit.

— Je vois que tu as fait la connaissance du capitaine Bédard.

— Charmant, ajoute Kate avec dérision. Si le genre Neandertal ténébreux t'intéresse.

— Il n'a pas toujours été ainsi...

— Tu le connais bien? s'étonne Kate.

— J'ai suivi une formation avec lui. Dans le temps... Avant la restructuration des corps policiers.

— Tu vas avoir de la difficulté à me convaincre qu'il était différent.

— Je vais t'étonner, mais je crois même que tu aurais aimé l'homme. Un bon vivant, sympathique, chaleureux... Tout a changé après la mort de sa femme.

Kate hoche la tête, pensive. Il est vrai que la mort transforme les vivants, se dit-elle.

Puis, Trudel s'affale sur une des chaises et effectue un rapide survol du local.

— On dirait que nous ne sommes pas les bienvenus...

— À qui le dis-tu!

— Jésus-Christ! s'exclame Jolicœur, arrivant à son tour. Même une équipe d'anorexiques serait trop grosse pour entrer ici!

Kate ne peut s'empêcher de rire de cette boutade. Jolicœur parle peu, mais quand cela lui arrive, ses remarques ne passent jamais inaperçues.

— Avez-vous rangé Labonté dans le classeur? continue Jolicœur sur sa lancée, jetant des regards à droite et à gauche pour dénicher son compagnon.

— Non, répond Trudel, un sourire en coin, il est parti nous chercher à manger.

Jolicœur se laisse choir sur la première chaise près de la porte.

— Bonne idée. Je meurs de faim.

Le sergent Jolicœur est sûrement l'homme du Bureau qui mange le plus. Pourtant, il n'a pas une once de graisse en trop.

— En attendant Labonté, je propose que vous me mettiez au parfum, dit Trudel.

Kate acquiesce, puis prend quelques secondes pour ordonner ses idées.

— Bon, récapitulons…, commence-t-elle.

— Qu'est-ce qu'on sait? questionne Jolicœur pour la taquiner.

— Primo…, dit Kate en lui souriant, Évelyne Vallée est retrouvée morte dans un fossé près de deux mois après sa disparition. Coup de carabine à la tête.

— Deuzio, enchaîne Jolicœur qui prend la relève, étrange coïncidence, elle a été découverte à cinq cents mètres de l'endroit où a, aussi, été retrouvé le corps de la femme non identifiée. En outre, il est probable que la mort des deux victimes remonte au premier gel. L'analyse des tissus devrait nous le confirmer…

— De plus, précise Kate, même scénario pour les deux. Elles auraient été tuées ailleurs que dans le fossé et transportées dans une bâche portant la même marque de commerce et sur laquelle, c'est confirmé, on n'a relevé aucune empreinte…

— J'espère que ça vous ira, parce que c'est tout ce que j'ai trouvé, lance Labonté en pénétrant dans le réduit et en déposant sur la table une immense pizza et quelques cannettes de boissons gazeuses.

Kate soupire. Cette pizza sera la première de combien?

— Difficile d'établir l'existence d'un lien entre les victimes... On ne connaît pas l'identité de la première, leur rappelle Jolicœur, qui a déjà la bouche pleine.

— Tout ce qu'on sait, au fond, c'est qu'elles sont sans doute mortes en même temps et ont été tuées ailleurs qu'à l'endroit, identique du reste, où on les a retrouvées, conclut Kate, découragée.

— C'est à peu près ça, dit Labonté mettant son grain de sel.

Soudain, Trudel dépose sa serviette de papier sur la table et se lève. Il a une idée, songe Kate, qui se rappelle que Trudel pense toujours mieux debout.

— Quelque chose me dérange..., déclare Trudel qui cherche à marcher de long en large dans une pièce où il ne peut que tourner sur lui-même. Les deux crimes sont tellement... différents.

— Différents comme dans... deux meurtriers? s'enquiert Kate.

— Pas nécessairement. Mais s'il s'agit du même meurtrier... Est-ce que ça ne nous donne pas des indices sur sa personnalité? Ou même sur son identité?

Kate fixe Trudel. Elle avait oublié à quel point c'était un bon enquêteur. Le grade de lieutenant le confinait très souvent à des tâches administratives, mais pas d'erreur, il avait largement mérité son titre.

— Ça pourrait indiquer, suggère Kate, qui suit son raisonnement, qu'il connaissait la première victime, mais pas la seconde. Il n'a pas mutilé Vallée, parce qu'il ne la connaissait pas.

Trudel confirme d'un signe de tête.

— Nous avons donc de l'indifférence... et de la passion.

— Indifférence et passion?

— Oui... Je pense à la violence pratiquée sur le corps de la femme inconnue, par rapport au seul coup de carabine qu'a reçu Vallée. Vallée lui était indifférente. L'autre...

— Continue, dit Trudel.

— Il a froidement abattu Vallée d'une seule cartouche, mais s'est acharné «passionnément» sur l'inconnue. Pourquoi?

— Oui, en effet, pourquoi? répète Trudel en lui souriant.

Kate voudrait résister à ce sourire, mais c'est plus fort qu'elle. Nos parties de neurones sont presque aussi excitantes que nos parties de jambes en l'air, pense Kate en lui rendant son sourire.

— Quelqu'un veut le dernier morceau de pizza? lance Jolicœur, la main déjà dans la boîte.

15

C'était sûrement le plus horrible cri qu'il avait jamais entendu. Et des cris, il en avait entendu des centaines depuis qu'il couchait avec Kate.

— Kate, murmure Paul en lui secouant douce-ment l'épaule. Réveille-toi... Tu fais un cauchemar.

Sortant des limbes avec difficulté, Kate, les yeux effarés, se tourne en direction de la voix.

— Paul...

— Tu as fait un cauchemar...

Aussitôt, Kate se redresse sur le lit.

— Où sommes-nous? demande-t-elle, ne recon-naissant pas les murs qui les entourent.

— Au chic motel La Chaudière, dit Paul en sou-riant, appuyé sur un coude.

Kate murmure un «Ah...», puis se lève et se rend à la salle de bain. Elle n'aime pas ce qu'elle voit dans la glace. Un visage aux traits tirés, des yeux cernés, une peau grise... Kate jette un regard autour d'elle. La céramique des murs doit avoir plus de quinze ans. Personne n'a pris la peine de remplacer les carreaux cassés. La moisissure qui a élu domicile autour du bain a presque entièrement pris la place du ciment à joint. L'endroit est aussi déprimant que son reflet dans le miroir. Puis il y a les bouteilles de bière vides posées sur le comptoir...

Mon Dieu, se dit Kate, combien en avons-nous bu? Mais la question est inutile. Elle connaît la réponse. Elle les a presque sûrement toutes bues à elle seule. Sa nouvelle façon de s'anesthésier...

— Comme mon père, murmure Kate.

— Ça va? s'inquiète Paul, posté de l'autre côté de la porte de la salle de bain, que Kate a verrouillée derrière elle.

— Oui, oui..., répond Kate, agacée. Je vais prendre ma douche. C'est l'heure de se lever, de toute façon.

Paul fixe la porte pendant un moment, puis retourne s'étendre sur le lit. Chaque fois qu'il se retrouve avec Kate, il se dit que les choses vont s'arranger, puis c'est toujours le même scénario. La baise est incroyablement bonne, mais les «après»... Les «après» sont des coups de couteau dans notre relation, songe Trudel en soupirant lourdement. Et s'il n'y avait que la relation... Il y a le travail, aussi. Et là encore, ça se dégrade. Pour quelles raisons? se questionne Paul.

Cette interrogation le ramène invariablement à sa liaison précédente. Celle avec «Julie-la-relationniste», comme l'avait surnommée Kate.

Parce que Julie Saint-Pierre était attachée de presse pour la SQ, Paul et elle avaient souvent eu l'occasion de travailler ensemble. Et pourtant... leur aventure n'avait jamais entaché leur lien professionnel. Pourquoi, alors, était-ce si difficile avec Kate?

— À ton tour, dit Kate en sortant de la salle de bain.

— J'espère qu'il reste de l'eau chaude, commente Paul abruptement, à présent d'aussi mauvais poil que Kate, après toutes ses réflexions.

16

Ils avaient échangé peu de paroles quand Paul était sorti de la salle de bain. La froideur qui régnait dans la chambre de motel était inversement proportionnelle à l'intensité de leurs ébats de la veille. Aussi bien dire qu'on aurait pu y conserver des glaçons sans qu'ils fondent. Kate avait accueilli le départ de Paul avec soulagement, et elle était maintenant assise en tailleur au milieu du lit défait, le dossier des agents du poste de Beauce-Mégantic étalé devant elle. Labonté et Jolicœur étant retournés au QG régler les dossiers en suspens, la perspective de se retrouver seule au poste de Beauce-Mégantic lui avait fait opter pour le motel sordide. Comme cela, elle ne risquait pas de tomber par inadvertance sur l'ancêtre de l'*homo sapiens*, le capitaine Bédard.

Cet homme demeurait une énigme pour elle. Bien sûr, elle tenait compte de l'histoire de la mort de sa femme, mais quand même... Elle n'avait pas ouvert la bouche qu'il l'avait déjà prise en grippe. Elle devait cependant admettre qu'il n'était guère plus civil à l'égard de ses collègues. Il ne voulait pas les voir là, un point, c'est tout.

Kate soupire. Elle en est à sa troisième lecture stérile du dossier monté par les agents Gilbert et Garon, et elle n'est pas plus avancée.

D'un geste rageur, elle envoie valser les papiers et s'écrase sur le lit, prête à sombrer dans le découragement le plus total. Son moment de déprime est néanmoins vite interrompu par la sonnerie du téléphone.

— McDougall, répond Kate en décrochant.

— Agent Garon, à l'appareil.

Kate se redresse.

— Vous avez du nouveau?

— On a retrouvé une voiture...

— Quelle voiture? demande Kate, d'une voix ferme.

— Nous avons reçu un appel d'un fermier, ce matin, qui a trouvé une voiture dans son champ. Enfin, ce qu'il en reste. Elle a été incendiée.

— Et? s'impatiente Kate.

— On a quand même pu déchiffrer le numéro de série, poursuit-il. J'ai effectué une recherche avant de vous appeler.

Garon s'arrête, content de lui.

— Et vous avez découvert qu'il s'agit de la voiture d'Évelyne Vallée, dit Kate platement.

La déconfiture de l'agent, à qui Kate vient de voler le punch, est presque audible.

— Excellent travail, ajoute Kate qui cherche à présent à arrondir les angles. Vous pouvez m'indiquer comment me rendre à la voiture à partir du motel La Chaudière?

— Facile... Continuez vers le sud pendant environ six kilomètres. En arrivant au croisement, tournez à droite. Vous ne pouvez pas manquer l'endroit. C'est dans le champ... Juste derrière la croix de chemin.

17

Dès qu'il avait été question d'une croix de chemin, Kate avait aussitôt changé d'itinéraire. Au lieu de se diriger vers le lieu où était située la voiture de Vallée, elle s'était directement rendue au QG de Montréal pour faire le point avec son équipe.

— Si l'inconnue du fossé a trouvé la mort sur cette croix…, commence Labonté.

— … ce crime a définitivement un lien avec l'affaire Vallée, termine Kate.

Trudel, qui n'a pas pris place autour de la table, arpente la pièce en se massant le front.

— C'est surréaliste, dit-il en soupirant lourdement. Une crucifixion, la femme d'un ministre trouvée morte dans un fossé…

Il va avoir une migraine carabinée, songe Kate, surprise de son soudain élan d'affection pour lui.

— Le ministre Vallée a mauvaise réputation, dit Jolicœur, mais sa femme… Bénévolat, bonnes œuvres… Une vraie mère Teresa.

— Et? interroge Kate qui ne suit pas son raisonnement.

Jolicœur pose ses yeux sur elle, un sourire en coin.

— Comme dans l'affaire de l'inconnue... Ça sent la religion. Vous ne trouvez pas que c'est une drôle de coïncidence? Après l'attaque de la mosquée et tout...

— Tu crois qu'il pourrait y avoir un lien entre l'affaire de la mosquée et ces deux affaires? le coupe Kate, sceptique.

— Je ne dis pas ça... Simplement, on dirait que de plus en plus de crimes sont liés à la religion. Est-ce qu'on a le choix de négliger la piste?

Trudel soupire encore plus fort.

— Bordel! Pourquoi pas une guerre sainte, tant qu'à y être?

La réaction véhémente de Trudel dérange Kate. Son chef sait pourtant qu'il est nécessaire, dans toute enquête, de formuler même les hypothèses les plus farfelues.

— Il existe sûrement une explication plus sensée, insiste Trudel.

Déjà déroutée par l'attitude de son supérieur, Kate hésite avant de parler.

— Vous étiez à Saint-Simon, derrière le cordon de sécurité, dit-elle enfin à Labonté et à Jolicœur. Qu'avez-vous remarqué?

Trudel manifeste un geste d'impatience.

— Attends, Paul, laisse-les s'exprimer, insiste Kate.

Labonté et Jolicœur échangent un regard d'incompréhension.

— Votre *feeling*, explique Kate pour les éclairer.

Labonté replace les dossiers devant lui, à l'image des pensées qu'il tente d'ordonner dans son cerveau.

— Je n'y avais pas pensé avant, dit-il après un moment, mais, à part l'effervescence des journalistes, c'était étrangement... immobile... derrière le cordon.

92

C'est à ça que tu penses? demande-t-il en cherchant des yeux l'approbation de Kate.

— Continue, dit Kate sans répondre.

Labonté joue le jeu.

— Immobile et... silencieux. Plus j'y pense, plus je me rappelle que les curieux paraissaient plus intéressés par nous que par les victimes. C'est quand même inhabituel...

Kate jette un regard triomphant vers Trudel.

— Tu vois?

Trudel l'ignore et se tourne vers Jolicœur.

— Jolicœur, ton opinion...

Ce dernier prend quelques secondes avant de répondre.

— C'est vrai qu'ils étaient anormalement silencieux... et attentifs.

Kate ne prononce pas un mot, mais fixe Trudel.

— Bon, se résigne celui-ci. En attendant de voir ce que la croix peut nous dévoiler, vous avez le feu vert pour enquêter sur les habitudes des villageois... Mais allez-y mollo!

Puis, il quitte le local en marmonnant... «Un village entier qui complote et une guerre sainte... Bordel!»

18

— Toc! Toc!

Trudel, qui observait le fleuve de la fenêtre de son bureau, se tourne vers la porte et grimace en apercevant Kate, debout dans l'embrasure.

— Belle réception, dit-elle en pénétrant dans la pièce avant d'y être invitée.

— Qu'est-ce que tu veux, Kate? demande Trudel avec lassitude.

— Je veux savoir ce qui arrive.

— De quoi tu parles?

— Je ne comprends pas pourquoi, tout à coup, tu rejettes en bloc des hypothèses à partir desquelles, ordinairement, tu te lancerais en avant, tête baissée. Ce n'est pas dans tes habitudes...

Trudel la regarde froidement.

— Qu'est-ce que tu connais de mes habitudes?

Son ton cinglant désarçonne Kate.

— Tu penses tout savoir sur moi, mais tu ne sais rien.

— Je ne vois pas ce que...

— Tu refuses d'entrer dans ma vie? continue Paul sans tenir compte de ses objections. Très bien. Mais ne va pas t'imaginer que tu peux diriger le bureau à ma place. Tu ne connais rien des impératifs liés à mon travail.

— Ton travail n'est pas différent du mien, il me semble, ajoute Kate, déroutée. Nous avons le même objectif. Débusquer les coupables.

Trudel secoue la tête.

— Comment peux-tu être encore aussi naïve...

— Après ce qui m'est arrivé, tu veux dire? le coupe Kate, soufflée par son comportement.

— Oui... Et après toutes ces années dans la police!

Kate se cabre.

— J'ai bien l'impression que tu confonds naïveté et intégrité. Tu devrais te lancer en politique! lance-t-elle avec mépris.

Trudel est blanc de colère.

— Avais-tu une autre raison, autre que celle de m'insulter, pour venir me voir?

Kate le toise en silence, puis se tourne en direction de la sortie.

— Parfait, lui lance Trudel, j'en ai déjà assez avec la direction sur le dos...

— Qu'est-ce que tu dis? lâche Kate, qui rebrousse aussitôt chemin.

Trudel réprime un juron.

— Rien. Laisse...

— Oh, non. Je savais que ton attitude cachait quelque chose.

Trudel voudrait la gifler, tellement elle l'enrage.

— Qu'est-ce que tu veux, Kate? Que je me confie à toi? Que je partage le fardeau de mon travail avec toi?

— Paul, je...

— Il n'y a pas de «Paul, je...», l'interrompt Trudel. C'est «lieutenant». Et notre conversation est terminée.

Kate ne bouge pas et continue de le fixer. Puis elle comprend.

— Ils se foutent de la vérité, c'est ça? Ils veulent simplement que l'enquête soit bouclée au plus tôt. Qu'est-ce qu'ils ont inventé comme scénario pour expliquer la mort de Vallée? poursuit Kate, agressive.

Trudel serre les poings.

— Nous ne sommes pas dans un film...

— Quoi? Je n'ai pas raison? Ils n'ont pas leur petite version des faits? Du genre, Évelyne Vallée s'est retrouvée...

Kate s'arrête.

— Paul, dit-elle soudain fébrile, tu te souviens quand on parlait de...

— Bordel, Kate...

— Non, non... Écoute. Tu te souviens, quand on parlait de... d'indifférence et de passion dans le M.O. du tueur?

Trudel ne répond pas, mais ne peut s'empêcher de l'écouter.

— Suppose qu'Évelyne Vallée ait été éliminée parce qu'elle a vu quelque chose qu'elle ne devait pas voir...

Le regard allumé, Kate dévisage Paul, attendant d'apercevoir la même lumière dans ses yeux.

— Comme assister à la crucifixion d'une femme..., réfléchit Trudel à voix haute.

Kate hoche la tête.

— Évelyne Vallée se serait donc tout simplement trouvée à la mauvaise place au mauvais moment... Ça pourrait tenir la route, continue Trudel.

— Et ça plairait sûrement à la direction, ne peut s'empêcher d'ajouter Kate.

Trudel la fusille du regard, mais Kate ne sourcille même pas.

— Maintenant qu'on a réglé l'affaire Vallée... Que fait-on avec l'inconnue de la croix ? On l'abandonne à son sort ? questionne Kate avec une pointe de défi dans la voix.

— Kate... Avant que je mette ma carrière en jeu en souscrivant à des hypothèses de guerre sainte ou de complot de village, il me faudra plus que des *feelings*.

— Je sais, dit Kate qui le toise. Tu veux des faits.

— Exact, répond Trudel sans broncher.

— Très bien, dit Kate en se dirigeant vers la porte. Tu les auras. Mais donne-nous des effectifs, ajoute-t-elle en franchissant le seuil, sûre d'elle. Et laisse-nous enquêter en paix !

Trudel se prend la tête à deux mains. Il ne sait qui des deux l'indispose le plus. Sa migraine... ou Kate.

14 février 1993

Il signait Pierre de Lune, mais c'était un secret de polichinelle. Tout le monde savait qu'il s'agissait de Louis Beauchemin. Le « beau » Louis aux yeux bleu de mer. Le « grand » Louis aux cheveux châtains qui tombaient en cascade sur ses épaules. L'« évanescent » Louis que toutes les filles adoraient secrètement… Et dont tous les garçons se moquaient ouvertement. Parce que, à l'âge ingrat de dix-sept ans, où il est difficile d'ouvrir la bouche devant une fille sans se sentir idiot, et où faire partie du groupe est un « must », Louis, lui, s'exprimait comme seuls les poètes savaient le faire et passait le plus clair de son temps… seul.

En ce jour de Saint-Valentin, Savanah avait donc pris son courage à deux mains et, du plus adulte de ses treize ans, avait rédigé, le cœur battant, une carte de souhait pour le fils Beauchemin. Il allait être son Valentin.

Une fois la carte écrite, elle avait revêtu son manteau le plus chaud et, la missive bien rangée contre son cœur, elle avait, d'un pied ferme, pris la direction de la maison des Beauchemin. La tempête qui faisait rage n'allait certainement pas l'arrêter.

En parcourant la distance entre sa maison et celle de Louis, elle avait rêvé à tous les scénarios possibles et imaginables. Louis lui avouait son amour. Louis la rejetait. Louis se moquait d'elle… Mais peu importe l'issue imaginée, elle avait continué son chemin. Louis serait son Valentin, que ça lui plaise ou non.

Le cœur en chamade, Savanah avait prudemment monté les marches glacées de la maison des Beauchemin et, après avoir retiré la carte de son manteau, avait sagement replacé les pans de ce dernier avant de frapper à la porte.

Surprise…

Savanah aurait pu jurer qu'elle n'avait pas donné un gros coup sur la porte, cependant, celle-ci s'était grande ouverte.

— Excusez-moi… Je suis désolée… Il y a quelqu'un? avait finalement demandé Savanah en avançant la tête à l'intérieur.

Devant l'absence de réponse, optant pour la chaleur de la maison, Savanah était entrée et avait refermé la porte derrière elle.

— Je m'excuse…, avait-elle répété, après un instant, à moitié gênée d'avoir pénétré dans la maison des Beauchemin sans invitation, et à moitié inquiète du silence qui y régnait.

La situation était quand même bizarre. La porte de la maison restée ouverte, l'absence de Louis, alors qu'elle savait pertinemment qu'il devait être là.

Savanah rougit à cette pensée. Elle avait entendu Louis le dire à Marie alors qu'elle les surveillait. Ce n'était pas bien d'écouter aux portes, elle le savait. Cependant, quand il s'agissait de Louis…

Avisant la crédence plus loin dans le corridor, Savanah avait au bout du compte décidé qu'il vaudrait mieux qu'elle y laisse la carte et quitte la maison en vitesse. Elle avait donc trottiné sur les talons de ses bottes jusqu'au meuble où, après avoir embrassé la carte, elle l'avait déposée.

Au moment de se retourner pour partir, un reflet rouge dans l'entrebâillement de la porte de la salle de bain avait attiré son regard. Curieuse, elle avait appuyé la main pour ouvrir davantage le battant. Elle n'avait pas tout de suite compris ce qu'elle voyait. Puis la lumière s'était faite. À ses pieds gisait Louis, baignant dans son sang, un couteau planté dans le cœur.

Plus tard, dans sa main, encore agrippée au couteau, les enquêteurs trouveraient un petit papier plié en quatre sur lequel ces mots étaient inscrits...

« Mon cœur... pour ma rédemption. »

19

Après son altercation avec Trudel, Kate était rentrée chez elle en fin de journée dans un état frôlant la dépression.

Le paysage morne et gris de la fin de février y était à l'évidence pour quelque chose, mais elle ne se leurrait pas. Elle se sentait tout simplement trop à l'étroit dans sa peau.

Le ronron en général réconfortant de sa chatte Millie n'avait réussi, cette fois, qu'à lui rappeler combien elle était seule... par sa faute. Après avoir dénombré ses récents échecs – sa relation avec Paul et la présente enquête en tête de liste –, elle n'avait pas résisté à l'envie de tout oublier dans l'alcool. À une première bière avait succédé une deuxième, puis une troisième, jusqu'à ce qu'elle s'écrase ivre sur le divan du salon.

Maintenant assise au comptoir du Trucker's joint, un restoroute où elle a l'habitude de prendre ses petits déjeuners avant de se rendre à Montréal, Kate essaie de trouver un remède à sa gueule de bois.

Après avoir ingurgité un jus de tomate, sans résultat probant, puis levé le nez sur une décoction de jaune d'œuf et de bière proposée par un camionneur qui en a vu d'autres, elle s'apprête à avaler son quatrième comprimé d'acétaminophène de la journée.

— *You look like shit...*

Kate sursaute et tourne la tête en direction de la voix.

— Todd..., prononce-t-elle avec émotion, en découvrant son ancien coéquipier planté dans l'entrée du Trucker's joint.

— *In person...*

Troublée, Kate sourit niaisement à Todd qui vient la rejoindre au comptoir.

— *Sexy voice...* Tu ne trouves pas?

Kate reste muette.

— Je croyais être celui avec les cordes vocales coupées..., poursuit Todd avec humour, en s'assoyant sur le tabouret vide, à côté de Kate.

— Tu es sorti de l'hôpital? parvient-elle enfin à articuler.

— On dirait..., répond-il sans façon en faisant signe à la serveuse de lui apporter un café.

Pendant quelques minutes, conscients tous les deux de la distance qui s'est installée entre eux depuis leur dernière rencontre, ils demeurent silencieux, observant les allées et venues de l'employée derrière le comptoir.

— J'ai pensé que je te trouverais ici...

— Ta femme..., ajoute Kate, après un moment. Elle t'a donné la permission de venir me voir?

Todd rougit.

— Je le savais..., formule Kate avec une pointe de sarcasme.

— *Let's not talk about her,* soupire Todd.

— Parfait! Parce que je n'ai vraiment pas envie de parler de problèmes de couple.

— Je ne suis pas venu ici pour parler de...., commence Todd sans finir.

Bien sûr qu'elle le sait. Elle n'a tout simplement pas envie, ce matin, de rendre la vie facile à qui que ce soit.

— D'accord..., se radoucit Kate au bout d'un moment. Comment va ta femme?

Avant de répondre, Todd s'attaque au café que la serveuse vient de déposer devant lui.

— Pendant que j'étais à l'hôpital, dit-il entre deux gorgées, ma femme s'est mise à assister à des *campmeetings*[9].

— Des *campmeetings*? répète Kate, surprise d'apprendre qu'il en existe ailleurs qu'aux États-Unis. Où ça?

— *Here.*

— *Here...* Ici? répète Kate, deux fois plutôt qu'une, tellement elle est étonnée.

— Ils ont loué les installations du Brome Fair. D'après les informations que j'ai recueillies, ça fait à peu près quinze ans qu'il y en a au Québec.

Décidément, la religion fait un retour en force, songe Kate.

— Celui de Brome, l'été dernier, regroupait cinq mouvements religieux. Il paraît qu'ils ont fait des miracles en direct...

— *Shit!* laisse échapper Kate.

— *You know me...* Avec la mère que j'ai eue et le métier que je pratique... *Anyway...* Je ne la reconnais plus. Elle passe la moitié de son temps à prier et l'autre à essayer de m'évangéliser.

De nouveau, le silence s'installe entre eux.

— J'ai repris le service au Bureau des crimes majeurs, annonce Kate pour briser le silence.

___

9. Rassemblements religieux qui se tiennent sous une tente, généralement présidés par des *preachers*.

— *Yeah, I know...*

Kate le regarde, surprise.

— *How come?*

Todd répond à sa question par une autre.

— Quand on travaillait sur l'affaire du «Monstre du lac» au printemps... est-ce que j'étais un aussi bon coéquipier que Labonté ou Jolicœur?

— Excellent, sinon meilleur, affirme Kate qui se demande où diable Todd veut en venir.

— Le lieutenant Trudel...

Kate reste sur ses gardes.

— Il m'a offert un poste aux crimes contre la personne.

— Quand? lance Kate, sous le choc.

Todd rit.

— C'est important?

— J'étais dans son bureau hier midi, et il ne m'a rien dit.

— Il essaie de me convaincre depuis pas mal de temps... Mais quand il m'a téléphoné hier en fin de journée et m'a dit que tu réclamais personnellement de l'aide...

Kate sourit. «Tu veux des faits. Tu les auras. Mais donne-nous des effectifs...» Trudel avait répondu à sa demande.

— Je n'en reviens pas... Tu t'en viens travailler avec nous au QG!

— Ça te dérange... *partner?* dit Todd avec un sourire.

— *Partner?* Tu vas faire équipe avec moi? s'exclame-t-elle le sourire fendu jusqu'aux oreilles. *Great!*

— *So...* Qu'est-ce qu'on sait? interroge-t-il, l'œil rieur.

Kate s'apprête à lui faire un compte-rendu de l'enquête en cours, mais elle s'arrête.

106

— Attends une minute... Qu'est-ce que ta femme va dire?

Todd baisse la tête.

— Ce qu'elle dit déjà. Que c'est à cause de toi que j'ai demandé le divorce.

— Oh, dit Kate surprise par la nouvelle, je suis désolée.

Todd hausse les épaules.

Ils contemplent le fond de leur tasse en silence.

— *I guess she didn't get you to convert*, dit Kate, après un moment.

— *I guess not...*

Et ils éclatent de rire.

20

— Todd! s'exclament à l'unisson Labonté et Jolicœur, qui aperçoivent en arrivant leur ancien collègue dans le réduit qui leur sert toujours de bureau au poste Brome-Mégantic.

Avec pudeur, les trois hommes échangent des poignées de main, mais Kate n'est pas dupe. Elle voit bien qu'ils sont émus. Comme elle, Labonté et Jolicœur avaient cru, pendant un certain temps, ne jamais revoir Todd vivant.

— Bon..., commence Kate. Si on se mettait au travail?

Ils prennent place autour de la table, et Kate tend un dossier à Labonté, puis à Jolicœur.

— Voici le dossier préparé à l'intention de Todd... J'y ai mis la chronologie des évènements et le résumé de nos réflexions, leur précise-t-elle.

— Tu l'as déjà lu? demande Labonté à Todd.

— Kate m'en a fait parvenir une copie hier en fin de journée.

— Et? s'empresse de questionner Jolicœur qui a hâte d'entendre un nouveau son de cloche.

Pour toute réponse, Todd fixe le dossier devant lui et se gratte le menton. Mais cela ne surprend personne. Todd n'est pas un homme «question-réponse». Il pense en dehors de la boîte, comme se plaît à dire Kate.

— Avant toute chose, intervient Kate, j'aimerais savoir si on est sur la même longueur d'onde dans l'affaire Vallée.

Labonté et Jolicœur se consultent du regard.

— À moins d'une surprise, dit Labonté, l'hypothèse selon laquelle Vallée était à la mauvaise place au mauvais moment m'apparaît juste. Je ne vois pas trop ce qu'on pourrait ajouter...

— Jolicœur? dit Kate en se tournant vers lui.

— Je suis d'accord.

Puis c'est au tour de Todd de donner son avis.

— *Same here.*

Kate opine du chef. Trudel va être content. Et la direction aussi, songe-t-elle avec dérision.

— On va donc donner cette version des faits aux médias... En atténuant les circonstances entourant le crime dont elle a été témoin.

— Difficile d'atténuer une crucifixion..., dit Labonté après quelques secondes, résumant, du coup, l'opinion générale.

— On va faire notre possible, dit Kate. Revenons à nos moutons! L'affaire de l'inconnue de la croix... Qu'est-ce qu'on sait ou pas, qu'a-t-on vu ou que devrait-on avoir vu...

L'espace d'un instant, chacun se perd dans ses réflexions. Puis Todd prend la parole.

— Je me demandais.... Avez-vous effectué des recherches parmi les dossiers non résolus de la région?

— Tu as une idée, lâche Kate aussitôt.

— Rien de précis... Il me semble me souvenir d'une affaire dans le coin qui avait fait la manchette il y a une dizaine d'années... Une adolescente s'était apparemment suicidée dans une érablière.

— Apparemment? demande Labonté.

Todd bouge sur sa chaise, fouillant dans sa mémoire.

— Si je me souviens bien, le M.O. du suicide et la position du corps avaient soulevé des questions. On avait découvert la victime nue, sans sévices d'aucune sorte et morte de froid, selon le pathologiste... Et, *listen to this*... Elle était debout, les bras en croix.

— Elle s'était crucifiée elle-même? dit Kate, qui ne voit pas comment cela serait possible.

— Non... Elle avait l'air crucifiée, mais elle était tout simplement retenue debout par les tubulures bleues reliant les érables, et dans lesquelles elle avait enroulé ses bras en croix...

— Jésus-Christ! laisse échapper Jolicœur. Il y a définitivement quelque chose de pourri au royaume du Danemark.

Les trois sergents le dévisagent, perplexes.

— Shakespeare, dit-il pour toute explication. *Hamlet*...

Labonté se passe la remarque qu'on ne connaît jamais véritablement ceux qui nous entourent.

21

À la fin de leur réunion au poste de Beauce-Mégantic, il avait été décidé que Todd s'attaquerait aux dossiers non résolus de la région. Si sa mémoire ne lui faisait pas défaut, il y avait peut-être là une piste. Labonté et Jolicœur s'étaient portés volontaires pour s'occuper de la croix de chemin. Quant à Kate, elle sonderait le village... et ses enfants.

Depuis la découverte du cadavre de l'inconnue, Kate était hantée par les yeux de la fille de Joseph Thomas. Son regard avait fait remonter en elle des souvenirs de son enfance troublée. Pour sûr, un indice qu'il y avait là quelque chose de dérangeant. Sans compter l'ange de papier. Elle ne pouvait s'empêcher de superposer son image à celle de la fillette. Toute cette fragilité...

En se rendant à Saint-Simon, Kate avait pris la décision d'aborder la petite à la sortie de l'école. Question de stratégie. Ce serait moins formel qu'une visite à la maison, et la rencontre aurait le mérite d'avoir lieu à l'écart de ses parents.

Malgré la résistance des résidants du village à répondre à ses questions, Kate était quand même parvenue à apprendre que Sara Thomas avait treize ans... et fréquentait le collège Saint-Simon, une institution privée, installée dans une ancienne école de rang à la sortie du village.

Sara Thomas ne fréquente pas l'école publique, mais un collège privé! Comment cette communauté, relativement pauvre, parvient-elle à faire vivre ce collège? s'étonne Kate, en se stationnant à quelques mètres de l'école. L'édifice n'accueille sûrement pas plus d'une quarantaine d'élèves. Étrange...

Perdue dans ses pensées, Kate ne se rend pas immédiatement compte qu'un petit attroupement s'est formé non loin de sa voiture. *Shit!* songe-t-elle, émergeant soudain de ses réflexions. Belle façon de passer inaperçue!

De sa voiture, Kate observe le groupe composé de jeunes filles et garçons, âgés entre douze et seize ans. Comme une meute de coyotes, gardant une bonne distance entre eux et le véhicule de police, ils épient Kate, le regard effrayé.

Alors qu'elle décide de sortir de la voiture pour les interroger, le groupe s'éparpille dans toutes les directions. Kate reste seule, plantée au milieu de la rue. Mais que se passe-t-il ici? maugrée Kate en jetant un coup d'œil aux alentours. On dirait qu'ils viennent de voir le diable en personne...

Kate essaie de donner un sens à ce qui vient d'arriver quand, tout à coup, elle se rend compte qu'elle a complètement oublié Sara. Elle se tourne vers le collège. Quelques enfants sortent encore des portes grandes ouvertes, mais pas de Sara Thomas en vue. *Shit!* Elle est déjà partie, songe Kate, furieuse de son inattention.

Kate regarde sa montre. Elle n'a pas le temps de se rendre au domicile de la petite Thomas... Elle est déjà en retard pour son rendez-vous mensuel avec le docteur Létourneau. *Shit!*

22

— La voilà! dit Jolicœur en indiquant la croix de chemin qui se dresse devant eux sur le bord de la route.

— Elle est bien conservée, observe Labonté en garant la voiture.

— Tu donnes dans la restauration maintenant? l'agace Jolicœur avant de s'extirper de la voiture en bâillant.

À part l'îlot de conifères où gît la voiture de Vallée, le lieu est complètement à découvert.

— L'endroit est très visible, dit Labonté, une fois au pied de la croix. S'il s'est passé quelque chose ici, il devait faire nuit noire, sinon...

— Il faisait nuit blanche, le soir où Évelyne Vallée a disparu, précise Jolicœur.

— Le brouillard... C'est vrai, j'oubliais.

Les sergents se séparent et, raquettes aux pieds, inspectent les alentours. Par principe. Ils se doutent bien que les chances de découvrir un indice sont minces. Avec près de trois pieds de neige au sol dans le champ...

— Tu es sûr d'avoir fourni les bonnes indications à Jules? interroge Labonté, après un court instant.

— Oui, oui! grogne Jolicœur. Il avait du travail à finir avant de venir nous rejoindre.

Kate avait demandé à François Jules, le spécialiste des «liquides» corporels au Laboratoire, d'aller examiner la croix. S'il y restait la moindre trace... sang, sperme, salive, urine, ou toute autre déjection ayant appartenu au genre humain... Jules, de loin le meilleur de sa profession, la trouverait.

— Miss Scarlet, dans la salle de bal, avec le candélabre! crie Jules dans leur direction, la porte de sa voiture à peine ouverte.

Cette allusion au jeu de *Clue* ne surprend pas Labonté et Jolicœur outre mesure. Jules les a habitués à ce genre d'humour. D'ailleurs, François Jules ouvre la bouche pour parler sérieusement juste lors des comptes-rendus de ses découvertes. Et, pour rien au monde, il ne dérogerait à la tradition. En opposant l'humour au macabre, il équilibre sa vie.

— On te laisse travailler, dit Labonté à Jules, qui est arrivé au pied de la croix.

N'aimant pas perdre son temps, Jules a réfléchi à la question en se rendant sur les lieux. Les éléments, il le sait, auront fait disparaître presque toute trace de présence humaine sur la surface de la croix, mais il peut toujours compter sur les fentes dans le bois et les fendillements de la peinture pour lui révéler des mystères.

Jules a donc imaginé la trajectoire du sang giclant d'une main ou d'un pied qu'on cloue, visualisé la coulée d'urine s'échappant involontairement du corps de la victime, et à présent, il n'a qu'à suivre ces trajectoires imaginaires à la recherche d'interstices dans lesquels des liquides auraient pu s'infiltrer, à l'abri des intempéries.

— Du sang! crie-t-il à l'intention des deux sergents à l'écart.

Labonté et Jolicœur se précipitent aussitôt vers Jules, qui a recueilli, sur un bâtonnet, un spécimen séché de ce qu'il devine être du sang, et qu'il est en train d'asperger d'un liquide révélateur.

— Du sang humain, dit-il en leur montrant le résultat de son test. Il s'agit bien de sang humain.

Labonté jette un coup d'œil vers la croix et frissonne.

— C'est fou, dit-il. On parlait de l'inconnue crucifiée, mais ça demeurait irréel pour moi. Désormais...

— Je vais ordonner le transport de la croix au labo, les informe Jules, une fois son matériel rangé dans son véhicule.

— Merci, Frank.

— À votre service, répond-il en baissant les yeux vers sa «pagette» qui sonne. Tiens... On dirait que j'ai un autre client.

Labonté le regarde s'éloigner en pensant que pour rien au monde il n'échangerait son travail contre le sien. Lui ne fait qu'observer les horreurs. Jules passe sa vie les mains dedans.

— Où est-ce que ça nous mène? demande Jolicœur.

— Les chances sont en notre faveur. Une victime crucifiée et une croix de chemin... Quelles sont les probabilités qu'il n'y ait aucun lien? L'échantillon d'ADN de la croix devrait correspondre à celui de l'inconnue.

Jolicœur hoche la tête en signe d'assentiment.

— Cela dit..., ajoute Labonté, après réflexion, je n'ai pas la moindre idée où cela peut nous mener.

23

En sortant de l'ascenseur, à l'étage qui abrite le cabinet du docteur Létourneau, Kate vérifie l'état de son haleine. La journée est avancée, mais le sergent ne veut surtout pas que la psychiatre décèle ses excès de houblon de la veille.

— Vous êtes en retard, dit le docteur alors que Kate passe la tête dans le bureau.

— Un accident... sur l'autoroute 10...

Comme les deux dernières fois, songe Marquise Létourneau, pendant que Kate prend place sur le siège en face d'elle.

— Comment allez-vous? s'enquiert-elle en détaillant Kate. On dirait que vous avez passé la nuit dernière dans une de vos cellules.

— Vous avez de l'humour, lâche Kate sarcastique.

Marquise Létourneau ne réagit pas à sa remarque. Elle continue de l'observer en silence.

— Quoi? demande Kate au bout d'un moment.

— On a déjà abordé le sujet de l'alcoolisme de votre père...

Kate se cabre.

— Êtes-vous prête à parler de votre problème?

Kate fige sur place.

— Qu'est-ce qui vous fait boire, Kate?

— Je ne suis pas alcoolique, répond-elle sur la défensive.

— Non, je ne crois pas... Mais... Vos mains tremblent...

Kate les fourre aussitôt dans les poches de sa veste.

— Vous accumulez les retards, votre susceptibilité augmente, vos yeux sont cernés... Vous buvez, Kate. Vous buvez... trop. Qu'est-ce qui vous fait boire?

Kate sait qu'il est inutile de mentir. Tôt ou tard, Marquise Létourneau percera ses défenses. Mais une demi-vérité...

— N'allez pas croire que je bois tous les jours...

— Je ne crois rien.

Kate remue sur son fauteuil.

— Qu'est-ce qui vous ronge? poursuit la psychiatre.

Kate se lève et va se réfugier derrière son siège. Elle cherche à ériger une barrière entre nous deux, pense la thérapeute.

— Avez-vous déjà désiré un homme au point d'en avoir mal?

Marquise Létourneau est surprise par sa question.

— Et vous? la relance-t-elle.

Kate se balance, d'un pied sur l'autre. Comme si elle pesait le pour et le contre.

— On dirait un feu au creux de mon ventre. Une brûlure... Là où il devrait y avoir du plaisir.

Marquise Létourneau reste silencieuse.

— Il m'arrive de penser que si mon désir est aussi intense... c'est parce que le sexe est le seul lien qui me retient à la vie. «Je pense, donc je suis.» Je jouis, donc je vis...

Kate s'arrête. Perdue dans ses réflexions.

— Vous êtes toujours en relation avec le lieutenant Trudel? lance le docteur, sans crier gare.

Kate se rassoit dans le fauteuil et se prend la tête à deux mains.

— Ah..., dit le docteur, qui commence à comprendre la logique de Kate. Vous n'êtes plus capable de faire l'amour sans boire. Savez-vous pourquoi?

— Ce n'était pas ainsi au début... Sa présence suffisait à me rendre folle de désir...

— Et maintenant... vous ne le désirez plus?

— Au contraire. Le désir est même plus intense, mais...

Kate serre les poings.

— Mais?

— Il me monte à la gorge, dit Kate, comme deux mains qui voudraient m'étrangler. Alors, je bois... Pour oublier les mains sur mon cou... Pour que le feu au bas de mon ventre s'éteigne enfin... Pour tout effacer...

— Que voulez-vous effacer?

— Tout! répond Kate rageusement. Mon père, ses crimes, les yeux de mon frère... Ma culpabilité.

— Une culpabilité qui vous étrangle...

Kate soupire lourdement.

Marquise Létourneau prend quelques secondes avant de parler. Elle connaît Kate. Il est facile de l'effaroucher.

— L'alcool peut vous anesthésier encore, mais viendra le temps où il ne fera qu'exacerber vos angoisses. Et cela n'aura rien changé au problème...

Kate lève des yeux furieux vers elle.

— Le problème, c'est qu'on ne peut pas effacer le passé comme une ardoise. Il contamine notre vie, l'empoisonne et ne nous laisse plus qu'un seul choix...

121

— Lequel? interroge la thérapeute, le regard rivé à celui de Kate.

— Mourir, affirme-t-elle avant de se lever et de s'avancer vers la porte. Mourir à soi-même et aux autres... Jusqu'à ce que la mort, la vraie, nous délivre enfin.

Marquise Létourneau regarde Kate quitter son bureau, puis s'abandonne contre son dossier. Tu te mens à toi-même, Kate, réfléchit le docteur. Si tu avais voulu mourir, il y aurait longtemps que ce serait fait. Tu ne veux tout simplement pas te donner le droit de vivre...

24

La soirée était magique. Un redoux, précurseur des beaux jours à venir, frappait les Cantons-de-l'Est. L'espace d'un soir, l'hiver semblait céder sa place au printemps.

Après sa rencontre avec Marquise Létourneau, Kate n'avait pas traîné longtemps à Sherbrooke et s'était rendue directement à Perkins. Elle avait besoin de se retrouver dans la quiétude de son chalet. Elle dérapait. Elle le savait. Et il lui fallait réfléchir...

Il était quand même près de dix-huit heures quand Kate avait enfin mis les pieds chez elle. Après s'être arrêtée au village faire quelques courses pour remplir son frigo toujours vide, elle s'était préparé un sandwich, puis avait rappelé ses collègues.

Labonté et Jolicœur lui avaient fait part de la découverte du sang humain sur la croix, et le sergent Garon du poste de Beauce-Mégantic lui avait confirmé ce dont elle se doutait déjà. Le propriétaire du champ, où on avait découvert la voiture de Vallée près de la croix, n'avait sans doute aucun lien avec les crimes. L'homme était nouveau dans la région. Il avait acheté la ferme en décembre dernier, après le décès de l'ancien propriétaire, et, surtout, après la période présumée des crimes.

Sa conversation avec Todd avait pris plus de temps. Il lui avait appris que la somme de dossiers concernant les affaires non résolues était considérable. Il avait donc décidé de garder uniquement les cas liés à des morts suspectes ou non expliquées, ce qui donnait une vingtaine de dossiers, un nombre qu'il jugeait respectable. De toute façon, avait-il dit, s'il existait un *pattern*, cet échantillonnage devrait être suffisant. Kate s'était montrée d'accord, et ils avaient convenu d'en débuter l'analyse dès le lendemain.

Une fois ses appels terminés, Kate s'était dirigée vers le réfrigérateur pour prendre une bière pour accompagner son sandwich. Mais sa main s'était immobilisée sur la poignée, et elle s'était servi un verre d'eau.

Son repas englouti, elle avait enfilé un manteau et s'était réfugiée sur les marches déneigées de son chalet, déterminée à profiter des derniers instants de douceur avant que le froid de la nuit s'installe. L'air pur l'aiderait à ordonner ses idées.

Kate voulait comprendre ce qui l'agaçait tant dans le comportement des villageois sur chacune des scènes de crime. Pourquoi étaient-ils si silencieux alors qu'il aurait dû y avoir de l'effervescence? Ou de la nervosité? Kate repense à Joseph Thomas. L'homme s'était comporté de la même manière lors de son interrogatoire. Une sorte de fermeture... C'est ça, réfléchit Kate. Ils sont fermés. Fermés au monde...

Kate s'énerve. Trudel a peut-être raison après tout. Peut-être ne sont-ils qu'allergiques aux étrangers. Comme tout bon villageois. Après un long soupir, elle décide de mettre de côté ses réflexions sur les gens du coin.

Kate contemple le lac en contrebas, toujours figé dans la froidure de l'hiver. Tout a l'air si calme, songe Kate. Tout a l'air si paisible en surface... Elle sait qu'il n'existe pas de solution instantanée à ses problèmes. Elle l'a dit à Marquise Létourneau. Le passé s'inscrit dans nos vies avec de l'encre indélébile. Seule la mort peut nous délivrer...

Kate ricane, consciente qu'elle n'a pas plus de talent pour mourir que pour vivre. La preuve. Elle a survécu à son enfance, son père, la Bête...

Mon seul talent est celui d'enquêteur, réfléchit Kate. Et même là..., continue-t-elle en prenant une gorgée d'eau, je suis en train de le mettre en péril.

Kate ne se fait aucune illusion, Marquise Létourneau va rédiger un rapport sur sa consommation d'alcool, et elle devra en subir les conséquences. Inutile de mentir à ses supérieurs... Trudel sera là pour confirmer qu'elle boit. *Shit!* jure Kate. Dans quel merdier me suis-je encore fourrée? Et je n'ai rien à leur donner en pâture. Pas le moindre indice sur la mort de l'inconnue... *Shit!* De *shit!* De *shit!*

25

À son arrivée au QG de Montréal le lendemain, une bonne nouvelle attendait Kate. Enfin ! avait-elle songé. François Jules lui confirmait que le sang prélevé sur la croix appartenait à la victime non identifiée. L'inconnue du fossé avait donc bel et bien été crucifiée.

Sa rencontre avec Jules finie, à la demande du lieutenant Trudel, Kate avait rejoint le reste de l'équipe dans la salle de conférence.

— Désolé pour la semaine dernière, sergent Dawson, dit Trudel à Todd, une fois les quatre sergents installés autour de la table. J'aurais aimé être là pour vous accueillir dans nos rangs, mais il semble que les criminels ne chôment pas par les temps qui courent.

Todd, qui n'aime pas être le centre d'attention, se contente de hocher la tête.

— Bon ! Qu'est-ce que vous avez pour moi ?

Kate, comme à l'habitude, prend le *lead*.

— Jules vient de confirmer que l'inconnue a effectivement séjourné sur la croix de chemin, près de l'endroit où la voiture de Vallée a été découverte.

Trudel a un geste d'impatience.

— Pour ce qui est de la crucifixion…, continue Kate, sans tenir compte de l'agacement de Trudel, Todd a peut-être déniché un cas semblable…

— Quoi? s'insurge Trudel. Je croyais que vous n'aviez rien trouvé sur le SALVAC. À présent, vous me dites qu'un autre crime avec le même M.O. a déjà eu lieu?

— Pas exactement…, répond Kate. Disons une autre mort à saveur religieuse. Un dossier classé «mort suspecte».

Nerveux, Trudel se passe la main dans les cheveux. Il n'aime pas la tournure que prend l'enquête. Pas du tout. Et pas uniquement parce qu'il ne sait vraiment pas comment garder le cas Vallée à l'écart de la folie médiatique, mais aussi parce que, lorsque la religion est liée au crime, l'affaire prend en général des proportions insoupçonnables.

— Sergent…, dit Trudel en direction de Todd.

— D'abord, c'était juste un souvenir flou, commence ce dernier, mais en fouillant parmi les dossiers des morts suspectes de la région, j'ai découvert que ma mémoire ne m'avait pas fait défaut. La suicidée de l'érablière avait bel et bien été trouvée suspendue aux tubulures, les bras en croix. Les photos de la scène du crime…, commence Todd. On dirait un Christ en croix…

— Todd a sorti une vingtaine de cas susceptibles de nous intéresser, continue Kate en montrant la pile devant elle. On y va à l'aveuglette… Mais si Todd découvre une série de morts semblables… On vient peut-être de tomber sur un tueur qui s'en tire impunément depuis longtemps.

Trudel soupire, accablé, puis se lève précipitamment.

— Faites-moi signe, si vous trouvez quoi que ce soit. Je dois vous quitter. J'ai une réunion au sommet, dit-il en se dirigeant vers la sortie, évitant avec soin le regard de Kate.

— Alors ? demande Jolicœur qui n'a pas pipé mot depuis le début de la réunion.

Kate, qui était perdue dans ses pensées, lève les yeux sur lui.

— J'ai une question à vous poser, dit-elle, en s'adressant également à Labonté. Sur la scène du meurtre de l'inconnue, quand nous étions derrière le cordon... Parmi les curieux... Avez-vous remarqué une jeune fille ?

— Ça ne me dit rien, répond Labonté qui se tourne vers Jolicœur.

— Moi non plus, ajoute ce dernier. C'est flou.

Kate se mord les joues, de nouveau pensive.

— *What's up ?* demande Todd. Un de tes *feelings* encore ?

— C'est exactement pour cette raison que j'hésite à en parler, avoue Kate.

— Qu'est-ce qu'on a à perdre ? lance Labonté, bienveillant comme toujours.

— Sara Thomas, treize ans, dit-elle en poussant une photo vers les trois hommes.

Labonté s'en empare, puis la passe aux deux autres.

— Elle était sur la scène, dit Jolicœur, se souvenant tout à coup de la gamine. À côté de Joseph Thomas, l'homme qui a découvert le corps...

— Son père, les informe Kate. En la voyant, quelque chose en elle... En tout cas. J'ai voulu en savoir plus long. Alors l'autre jour, quand j'ai commencé l'enquête au village, je suis allée l'attendre à la sortie du collège Saint-Simon...

— Ils ont un collège ? demande Labonté, surpris.

— Un collège privé pour environ une quarantaine d'élèves. Oui... Moi aussi, ça m'a fait un drôle d'effet.

129

Et la suite aussi. Écoutez ça… Pendant que j'étais stationnée devant le bâtiment en attendant la sortie de Sara, il s'est formé un attroupement d'élèves près de la voiture de service. Un attroupement aussi silencieux et attentif, pour reprendre tes paroles, dit-elle en direction de Jolicœur, que l'attroupement derrière les cordons de sécurité sur les scènes des crimes.

— Tu as une idée? questionne Labonté.

Kate remue sur son fauteuil.

— Plus j'y pense, plus je me dis que cette attitude camoufle de la peur.

— De la peur? répète Jolicœur.

— Les curieux derrière les cordons, les élèves attroupés autour de mon véhicule et Joseph Thomas quand je suis allée l'interroger… Ils ont tous la même attitude fermée. Mais leurs yeux… Rien ne semble leur échapper. Comme des bêtes traquées sur le qui-vive…

— Et ils auraient peur de quoi? insiste Jolicœur, qui n'est pas convaincu.

— Du mal.

Les trois sergents la dévisagent, étonnés.

— Quand j'ai demandé à M. Thomas s'il avait une idée de l'identité de la victime, il m'a répondu que ce ne pouvait être qu'une étrangère venue semer le mal dans leur village, et que le mal existe, que j'y croie ou non.

Les paroles de Kate flottent dans l'air un instant avant que Labonté intervienne.

— Crois-tu que les villageois identifient le tueur comme étant le mal incarné?

— Possible, dit Kate. Mais ils pourraient aussi en vouloir à quelqu'un qui, dans leur esprit, sème le mal…

— En d'autres mots, dit Jolicœur, on pourrait avoir affaire à des fanatiques... qui font la chasse aux étrangers, termine-t-il en regardant Labonté.

— Tout est possible..., ajoute Kate dans un soupir.

— Et Sara Thomas? questionne Todd.

— Je l'ai manquée, grimace-t-elle.

Todd penche la tête de côté, en pleine réflexion.

— Tu l'as manquée... Ou elle t'a vue et s'est esquivée?

Kate le fixe avec intérêt.

— Très bonne question...

26

Pour le reste de la journée, il avait été convenu que Labonté et Jolicœur s'occuperaient des affaires pressantes, le temps que Kate et Todd épluchent les dossiers mis de côté. Avant de s'attaquer à Sara Thomas ou à tout autre villageois, ils avaient besoin de munitions.

— On devrait débuter par le collège, dit Kate à Todd, alors qu'ils reviennent au QG, après avoir avalé un casse-croûte en vitesse. Ça vaudrait la peine d'effectuer une petite recherche.

Intrigué, Todd l'écoute avec attention.

— Un collège privé, dans une municipalité aussi pauvre... Ça ne se peut quasiment pas.

— À quoi tu penses?

— Il doit y avoir quelqu'un qui subventionne l'institution. Je ne fais pas référence à un mécène, mais... Quelqu'un qui y trouve un intérêt. Ça nous donnerait une bonne idée sur qui tire les ficelles dans la communauté.

— *Right... I'm on it*, lance-t-il en se dirigeant dans la direction opposée à la salle de réunion. *Also...*, ajoute-t-il en s'arrêtant en chemin.

Kate l'interroge du regard.

133

— Si je veux être payé un jour, je devrais finir de remplir leur maudite paperasse.

— *Good luck!* dit Kate en rigolant et en poussant la porte de la salle de réunion.

Une fois à l'intérieur de la pièce, Kate décide de commencer son étude par le dossier de la suicidée de l'érablière. Celui qui a mis toutes ces recherches en branle. Toutefois, avant de s'installer pour l'analyser, Kate va chercher la carte géographique du secteur Beauce-Mégantic, qu'elle a pris soin de réquisitionner la veille, et l'épingle sur le grand panneau de liège, fixé au mur. Puis, avec un gros crayon-feutre, elle marque d'un « X » la ville de Saint-Gédéon-de-Beauce, là où a eu lieu le meurtre de l'érablière. Elle compte marquer ainsi toutes les villes touchées par les dossiers qu'elle s'apprête à étudier.

Assise dans un inconfortable fauteuil, Kate entreprend sa lecture.

L'affaire a eu lieu au moment de la messe clôturant le Festival beauceron de l'Érable de 1989. On avait retrouvé une adolescente de dix-sept ans sans vie, accrochée aux tubulures d'une érablière. L'autopsie avait dévoilé que la jeune fille avait subi un avortement quelques jours auparavant. Jusque-là, une note posée à ses pieds – « Ils m'ont vidée de ma sève. Maintenant… je dois mourir. » – avait beaucoup intrigué les enquêteurs. Mais la nouvelle de l'avortement lui avait donné un sens. Incapable de vivre avec les conséquences de son geste, la victime se serait suicidée justement parce qu'on l'avait « vidée de sa sève ». Cependant, la disposition du corps, debout, les bras en croix, entrelacés dans les tubulures, et la méthodologie du suicide, se laisser mourir de froid, avaient suffisamment confondu les enquêteurs pour qu'ils classent l'affaire parmi les morts inexpliquées.

Kate regarde les photos de la scène. Todd a raison, songe Kate. On dirait un Christ en croix...

Puis elle grimace. Seize ans séparent la crucifixion de la suicidée de l'érablière d'avec celle de l'inconnue de la croix. Ou ils se trompent totalement, ou ils font face à une affaire criminelle qui étend ses tentacules loin dans le temps.

Kate survole rapidement les autres dossiers et décide d'ouvrir celui baptisé «Père Noël». La raison de son choix est simple. L'affaire, un autre suicide non expliqué, s'est déroulée à Saint-Simon-de-Tring. Kate se met à lire après avoir marqué le village d'un «X»...

24 décembre 1984. Encore plus loin dans le temps.

L'homme, un dénommé Guy Petit, la quarantaine, fait le père Noël dans le centre commercial local. On le découvre, le jour de Noël, les veines tranchées, dans sa chambre de motel.

Kate fronce les sourcils. On se suiciderait pour moins que ça, pense-t-elle en imaginant l'homme de quarante ans dans son accoutrement rouge et blanc. Elle feuillette très vite le dossier afin de savoir ce qui a motivé les enquêteurs de l'époque à classer le dossier «mort suspecte». Elle s'arrête sur un paragraphe...

«Il n'est pas impossible de penser qu'il s'agit d'une histoire de tapettes...»

Surprise par le ton du compte-rendu, Kate revient au début du dossier.

1984. L'âge de pierre. Pas étonnant, donc. Elle poursuit sa lecture.

«... L'homme, un homosexuel non avoué, aurait eu plusieurs altercations avec ses pareils, les traitant de tous les noms possibles, allant jusqu'aux coups. Peut-être a-t-il finalement rencontré un adversaire qui ne s'est pas laissé faire?»

135

Kate réfléchit. Elle ne voit là aucun lien avec son affaire. Ou celle de l'érablière. Elle repousse le dossier et en prend un autre au hasard.

Le soir de la Saint-Valentin... 1993, Louis Beauchemin, un adolescent de dix-sept ans, est retrouvé mort, un couteau planté dans le cœur. La jeune fille de treize ans qui a découvert le corps, une dénommée Savanah Boudreault...

Kate cesse de lire le dossier Beauchemin et elle reprend celui du père Noël. Elle le feuillette puis s'arrête sur une des dernières pages... Une photocopie de la notice nécrologique concernant le décès de Guy Petit.

«Il laisse dans le deuil sa femme, Éléonore Petit, ainsi que leur fille de quatre ans, Savanah...»

Savanah Petit et Savanah Boudreault.

Ce prénom était-il si courant à cette époque? se demande Kate. Elle vérifie leur âge. Les deux Savanah auraient le même âge aujourd'hui... Plus encore. Elles auraient, aujourd'hui, l'âge approximatif de la victime de la croix...

27

Todd avait pris plus de deux heures à courir après les formulaires et autant à tenter, tant bien que mal, de les remplir. Il était près de dix-huit heures quand il avait enfin pu s'asseoir devant un des ordinateurs de la salle informatique du Bureau des crimes.

Todd essaie à présent de donner un sens à ce qu'il vient de découvrir sur le collège de Saint-Simon. Le collège, est, semble-t-il, administré par un groupe religieux appelé l'Église des pénitents du Canada inc. Depuis quand les groupes de type *born again Christians* investissent-ils dans les écoles au Québec ? se questionne Todd. Une première, à sa connaissance...

Il décide alors de pousser plus loin sa recherche. Après avoir entré l'information dans l'ordinateur et en attendant que la machine fasse son travail, Todd va se chercher un café à la distributrice du couloir.

Sa boisson chaude avalée, de retour devant son ordinateur, Todd se demande pendant une fraction de seconde s'il n'y a pas un problème avec le moteur de recherche. Il affiche plus de mille sites traitant du sujet !

Todd clique sur le premier lien Internet et aboutit sur une page d'un journal local de l'est du Québec, datant du mois précédent, et sur laquelle est imprimé un article louangeant «la contribution inestimable des membres de l'Église des pénitents dans la reconstruction du centre d'hébergement du troisième âge». *Interesting!* songe Todd, en revenant au résultat de sa recherche et en cliquant sur un nouveau lien.

Todd tombe cette fois sur le site officiel de l'Église des pénitents. Il découvre alors qu'il s'agit d'un groupe de *born again Christian*s importé des États-Unis, il y a plus de vingt ans, et comptant quelque trois cents membres, tous de la région de Saint-Simon-de-Tring. Une paisible communauté beauceronne..., finit de lire Todd à moitié perdu dans ses pensées.

28

Kate vient de terminer l'étude préliminaire des dossiers et n'a rien trouvé de plus bizarre que deux jeunes filles au prénom identique qui auraient le même âge que la victime. Une perte de temps, songe-t-elle, fatiguée.

— *What's all this?* s'enquiert Todd en pénétrant dans le local et en lui indiquant la carte remplie de «X», épinglée au mur.

— Les villes et villages reliés à chaque dossier.

— Ah... Alors?

Kate soupire, découragée.

— Rien, à part la grande nouvelle que deux enfants de la région ont été baptisées du même prénom inhabituel... et que tes dossiers sont tous des suicides inexpliqués et suspects. J'ai passé la journée à échafauder des théories dans le vide.

En s'assoyant, Todd lui tend les résultats de sa recherche. Kate parcourt les feuilles en diagonale.

— L'Église des pénitents du Canada inc.? demande-t-elle incrédule. «Inc.»? Une église «inc.»? Où s'en va le monde...

— *Yeah...*, répond laconiquement Todd qui ne peut que relier tout ça à sa propre expérience.

— On n'a pas de nom de responsable, constate Kate. Et pas d'adresse…

— Ils sont incorporés, ça devrait être facile à trouver.

— Qu'est-ce qu'ils font avec cette école…, réfléchit Kate. Est-ce que ça pourrait être une secte déguisée?

Todd hausse les épaules.

— Pour moi, toutes ces religions ont l'apparence de sectes. *But…*

Kate fronce les sourcils.

— Qu'est-ce qui te dérange?

Todd lui tend une copie de l'article qu'il a trouvé sur Internet.

Kate le parcourt des yeux.

— Le journaliste compare la communauté des pénitents aux Amish de la Pennsylvanie… Et les Amish ne feraient pas de mal à une mouche, ajoute-t-elle, comprenant l'ambivalence de Todd.

— Mais être Amish, ce n'est pas une religion comme l'Église des pénitents, c'est un mode de vie…, réplique Todd.

— Axé fortement sur des croyances religieuses, précise Kate. Le journaliste a peut-être raison. Les pénitents ont leur école, ils ont de toute évidence un mode de vie simple, ils restent entre eux, ils fuient les étrangers…

— Quand même… je ne sais pas si on peut les comparer.

Kate se lève et se met à marcher dans la salle, tournant en rond, comme les idées dans sa tête.

— Je peux comprendre le besoin de spiritualité, mais les religions organisées… À quoi ça rime?

— Tu n'as pas besoin de me convaincre, soupire Todd.

Kate continue de réfléchir.

— J'ai passé une partie de mon enfance sur les bancs d'église... et trente ans plus tard les enseignements que j'y ai reçus me collent encore à la peau comme un gant de latex. C'est irrespirable.

— Le ti-repas est servi, claironne une voix mélodieuse dans l'entrée de la salle.

La Ti-cuisine de Clémence, un bouge guadeloupéen de la rue Ontario près du QG, a l'habitude de livrer des repas aux enquêteurs fatigués et affamés.

— Je travaille sur des poulets morts qui ont meilleure mine que toi, lance Clémence à Kate sur un ton enjoué.

— Je ne risque pas, de cette façon, de me retrouver dans ton *colombo* de poulet, rétorque Kate, du tac au tac, alors que Clémence, en chantonnant, déballe le contenu de son panier.

Clémence, à qui appartient le restaurant, ne s'est jamais adaptée au rythme nord-américain. Sa nature indolente l'a suivie jusqu'au Québec et, hiver comme été, elle balance ses larges hanches de sa cuisine au QG, au rythme des insulaires.

— Un *metete* de crabe pour le ventre, précise Clémence en leur présentant leurs assiettes, et des *ti-punch* pour la mine, ajoute-t-elle en sortant une bouteille remplie du délicieux breuvage.

Kate hésite, puis se dit qu'un seul verre d'alcool ne peut lui faire de tort.

— Tu sais que c'est illégal..., dit-elle à Clémence en souriant.

— Juste si je vous les fais payer, répond-elle en faisant un clin d'œil à Todd et en chantonnant : « Un baiser... deux baisers... trois baisers, c'est mieux... »

— Clémence... j'avais oublié. Je te présente le sergent Todd Dawson, s'esclaffe Kate. Un nouveau au QG !

— Tout le plaisir est pour moi, dit-elle en le déshabillant des yeux avant de quitter la salle.

Le visage de Todd prend la couleur de la tomate qui décore leur plat.

— Un vrai *playboy*! ajoute Kate en vidant son verre et en riant.

Todd grimace.

— Alors... qu'est-ce qu'on mange? s'inquiète Todd, pour faire diversion.

Kate rit de bon cœur.

— N'aie pas peur, l'Anglais, le taquine-t-elle. Tu ne mourras pas. C'est juste du riz au crabe avec de l'échalote, de la ciboulette et de la lime.

— *My wife would...*, argumente Todd, puis il s'arrête.

— On fait une drôle de paire, dit Kate, en avalant une gorgée de *ti-punch*.

Todd fait cul sec.

— *I'll drink to that!*

— Où tu vas habiter? l'interroge Kate.

— Je me suis loué un petit appartement près d'ici...

— Déjà?

— Je n'avais pas mentionné le mot «divorce» à ma femme que je me suis retrouvé à la rue...

— Oups!

— *Yeah...*

Kate n'insiste pas davantage. Elle comprend maintenant l'air perdu que Todd traîne depuis son retour au travail. Il est déraciné, songe-t-elle.

— À quoi, crois-tu, nous avons affaire ici? demande Kate pour changer l'atmosphère. À une religion de fous? Ou à un fou furieux qui tue sans discernement?

— Si c'est une histoire de secte... Il m'est difficile d'imaginer qu'une seule personne ait commis tous ces crimes. Je veux dire... Ce ne sont pas les suicides de Jonestown. Il y a eu des centaines de morts en Guyane du Nord, mais elles ont toutes eu lieu le même jour. Et la communauté de Jonestown n'était pas passée inaperçue avant le suicide collectif. Ryan, le représentant démocrate du Congrès américain qui les surveillait depuis un moment, est justement mort en allant enquêter sur Jim Jones.

— Ici, les morts sont réparties dans le temps, ajoute Kate qui poursuit son raisonnement. Une longue période de temps. Et les M.O. ne sont pas comparables... Il n'y a pas de méthodologie commune. Plusieurs tueurs, alors ?

Tout en l'écoutant, Todd s'est mis à fixer la carte au mur.

— *I wonder...,* dit-il au bout d'un moment.

Kate fronce les sourcils.

— Donne-moi ton crayon, lâche Todd.

Kate lui remet le marqueur.

Todd relie les «X» qui créent un périmètre autour des autres. Saint-Évariste-de-Forsyth, Saint-Gédéon-de-Beauce, Saint-Philibert, Sainte-Aurélie, Sainte-Justine-Station, Saint-Léon-de-Standon, Sainte-Marie, Saint-Méthode-de-Frontenac... Les «X» semblent former un cercle. Un cercle de morts qui englobe d'autres morts.

Todd se tourne vers Kate.

— *Do you suppose...,* commence-t-il, réfléchissant tout haut, qu'il y a un lien ? *Like a killer Bible belt...*

Kate détaille de nouveau la carte.

— *Shit !* jure-t-elle aussitôt. Saint-Simon-de-Tring est l'épicentre...

— L'Église des pénitents, murmure Todd.

Ils se regardent, puis reconsidèrent le plan.

143

Pas d'erreur possible. L'image est claire. L'Église des pénitents est située au centre de toutes ces morts.

— On dirait une araignée au milieu de sa toile..., dit Todd.

Kate hoche la tête.

— Le cercle des pénitents..., chuchote-t-elle, après un instant.

29

Kate avait refusé l'invitation de Todd de coucher sur son divan, prétextant qu'il lui fallait plus que deux *ti-punch* pour l'empêcher de retrouver son nid. En sortant du QG, elle avait donc filé tout droit en direction de la Rive-Sud de Montréal... Et du condo de Paul Trudel.

Maintenant qu'elle était dans le hall de l'édifice, et qu'elle attendait que Paul réponde à la sonnerie du téléphone pour la faire monter à l'étage, elle se demandait sérieusement quelle mouche l'avait piquée. Ou quel *ti-punch*.

— Oui? murmure la voix ensommeillée de Paul, à l'autre bout du récepteur.

— C'est Kate...

Après quelques secondes de flottement, Kate ajoute, mal à l'aise:

— J'ai du nouveau.

— Je descends.

«Je descends»? se répète Kate pendant qu'elle dépose le récepteur sur son socle. Mais Kate n'a pas le temps de penser aux implications de cette phrase que Paul traverse déjà l'entrée.

— Ça ne pouvait pas attendre à demain? interroge Paul en guise de salutation.

— Je... J'ai..., bredouille Kate, surprise par la tournure des évènements.

— Je suppose que oui...

Trudel soupire.

— Kate, Kate..., dit-il en secouant la tête.

— Quoi? lance-t-elle sèchement, sortant de son immobilisme. Tu nous as demandé de t'avertir aussitôt que nous aurions du nouveau, et je viens peut-être de découvrir un élément capital pour l'enquête. Mais, excuse-moi, dit-elle, reculant déjà vers la sortie. C'était une erreur.

— Attends, dit Paul en la rattrapant par le bras, mais en la relâchant aussitôt. De quoi s'agit-il?

Kate a bien remarqué la vitesse avec laquelle il a retiré sa main, et aussi qu'il ne l'invite toujours pas à monter, mais son envie de partager sa découverte l'emporte.

— Les dossiers qu'on a sortis...

— Oui...

— Ils forment un *pattern* sur la carte de Beauce-Mégantic.

La stupéfaction que Kate lit sur le visage de Trudel vaut, à elle seule, son déplacement.

— Quel genre de *pattern*? questionne Paul comme s'il marchait sur des œufs.

— Un cercle.

— Un cercle? répète Paul déboussolé.

— Un cercle autour de Saint-Simon-de-Tring... et du groupe religieux qui domine la région. L'Église des pénitents du Canada inc.

— Quoi?

— Le *pattern* que forment les dossiers sur la carte... celui que j'ai baptisé «le cercle des pénitents»...

Ce serait ni plus ni moins que l'étendue de l'influence du groupe... son rayonnement.

Les paroles de Kate se fraient lentement un chemin dans le cerveau endormi de Trudel.

— L'Église des pénitents..., dit-il après plusieurs secondes. Une secte?

— Possible...

— Bordel..., jure Trudel.

— En tout cas, ajoute-t-elle en souriant, tu peux te consoler.

Trudel la questionne du regard.

— Ce n'est pas une guerre sainte!

Trudel n'est pas aussi optimiste que Kate. Car dans son esprit, guerre sainte ou secte, pour lui, le problème demeure entier. Que la femme du ministre Vallée soit l'innocente victime d'une secte ou d'une guerre sainte, elle va encore faire la manchette. Et il aura une fois de plus l'administration sur le dos. Sans parler du ministre...

Trudel soupire.

— Bien, McDougall... Vous avez bien travaillé, dit-il, après un moment, usant du grade et du vouvoiement sans s'en rendre compte.

Kate le regarde en riant.

— «McDougall»? «Vous»? Tu peux m'appeler Kate, murmure-t-elle en s'approchant de lui. Et ne serait-il pas mieux de discuter de cette affaire chez toi?

Trudel recule aussitôt d'un pas.

— Kate...

— Il est tard, ajoute Kate, s'approchant de nouveau, le regard suggestif. Laissons les jeux de côté...

Mais Trudel recule encore.

Kate fige sur place, réalisant soudainement de quoi il s'agit.

— Tu n'es pas seul…

— Kate…, bredouille Paul.

Kate voudrait être à des kilomètres de cet endroit. Mais tout ce qu'elle parvient à faire, c'est détourner la tête pour cacher la honte qui lui monte au visage, comme un coup de fouet.

— Je la connais? demande-t-elle dans un murmure.

Trudel soupire, puis se résigne.

— Julie… la relationniste…

— Ah…, commente Kate.

Les secondes s'égrènent, puis, une fois ses jambes retrouvées, Kate quitte le hall sans se retourner.

«Kate…», entend-elle faiblement comme la porte de l'édifice se referme derrière elle.

22 septembre 1998

Pauline Bédard avait profondément aimé son homme dès qu'elle l'avait rencontré, et elle n'avait jamais cessé depuis.

Elle avait aimé sa peau de rouquin constellée d'étoiles, ses yeux bleus rieurs et sa bonté naturelle. Elle avait ri de sa gaucherie sympathique et fondu de plaisir dans ses bras puissants.

Pour toutes ces raisons, elle savait qu'elle ne parviendrait jamais à le quitter. Mais elle savait aussi qu'elle ne pouvait plus vivre avec lui.

L'homme était un Infidèle. Il ne croyait pas. Et elle ne devait donc plus partager sa couche.

Plus d'une fois, elle avait tenté de le lui faire comprendre. Elle ne voulait pas avoir à choisir entre son Dieu et son homme. C'était trop lui demander. Mais il était resté de marbre. Allant même jusqu'à lui dire qu'il ne la reconnaissait plus. Qu'elle n'était plus la Pauline qu'il avait aimée.

« Avait aimée »…

Les mots avaient pénétré le cœur de Pauline comme un couteau. Elle avait alors compris qu'elle ne pourrait jamais vivre sans lui. Et le désespoir l'avait submergée.

C'est comme ça que les enquêteurs avaient tenté d'expliquer sa mort. Un suicide. Plutôt inhabituel. Et découvert dans d'horribles circonstances…

Simon Bédard avait treize ans en 1998. Il aimait ses parents, mais préférait de beaucoup la compagnie de ses compagnons de classe, avec lesquels il envahissait la grange de son grand-père à la fin de chaque journée de classe. C'était leur royaume, leur château fort, leur «pays des merveilles». Particulièrement en septembre, quand le foin était engrangé pour l'hiver. Les jeux qu'ils inventaient avec les ballots de foin dépassaient l'imagination des adultes.

Ce jour de septembre 1998, Thomas et ses copains n'avaient pas fait exception. Sitôt sonnée la cloche indiquant la fin des cours, ils s'étaient précipités sur la route menant à la ferme de son grand-père. En arrivant dans la grange, Philippe, le plus vieux des amis de Simon, avait décidé qu'aujourd'hui ils exploreraient des «territoires inconnus». Simon avait tout de suite su qu'il voudrait ouvrir la trappe au fond de la grange. Le seul endroit dont son grand-père lui avait refusé l'accès. Et pour cause. C'était là où, braconnier impénitent, il faisandait son gibier.

Simon n'était cependant pas inquiet. Un solide cadenas fermait la trappe. Et d'aucune façon son ami ne parviendrait à l'ouvrir. Il avait donc joué le jeu et laissé Philippe les guider jusqu'à l'ouverture.

Il regretterait toujours cette décision. Car en arrivant, ils avaient trouvé la trappe ouverte, le cadenas déverrouillé posé à ses côtés.

Inquiet, Simon avait voulu convaincre ses amis de rebrousser chemin, mais sans succès. Ils étaient donc descendus, l'un derrière l'autre, au sous-sol.

Pour ces garçons, âgés entre douze et quatorze ans, c'était l'ultime aventure. Et ce le serait, dans les faits. Car, après avoir vu ce qu'ils verraient, ils n'auraient plus jamais le goût de l'aventure.

Une fois en bas, Philippe, avec un briquet qu'il avait volé chez le dépanneur par bravade, avait mis le feu à une torche placée exprès à côté de l'escalier. Les yeux des enfants avaient pris un moment à s'habituer, puis... ils l'avaient vue.

Au milieu de couteaux et de crochets de toutes sortes, entre deux panaches de cervidés accrochés au mur, était écrasée la mère de Simon. Éventrée comme un chevreuil. La main encore sur le couteau qu'elle avait planté dans son ventre.

30

Délaissée par son coéquipier qui doit passer à son ancien poste de Brome-Perkins pour récupérer des effets personnels, Kate a pris place sur le siège arrière de la voiture de service de Labonté et Jolicœur. Une place qui lui convient très bien ce matin. En revenant du condo de Paul, la veille, elle avait mis de côté ses réserves concernant «les méfaits de l'alcool» et avait «calé» le plus grand nombre de bières possible avant de s'écraser, encore une fois, ivre morte, sur le divan du salon. Résultat? Elle avait les yeux cernés, la voix pâteuse, et ses mains tremblaient tellement qu'elle les avait emprisonnées dans les poches de sa veste.

— On arrête pour un café? demande Labonté en jetant un coup d'œil à Kate dans le rétroviseur.

— Une vraie pie! persifle Kate. Contente-toi de conduire, Labonté.

Ce dernier n'insiste pas davantage.

— À droite, ici, dit Jolicœur en indiquant une route émergeant entre deux prés enneigés.

La rapidité avec laquelle Labonté négocie le virage rappelle à Kate qu'estomac et alcool ne font pas bon ménage et, aussitôt, une violente nausée la submerge.

153

— Arrête, parvient-elle à articuler.

Labonté obtempère sur-le-champ, rangeant sa voiture le long de la route. Kate en sort au plus vite et se précipite dans le fossé où elle rend presque l'âme en vomissant son déjeuner.

Dans la voiture, Labonté et Jolicœur ne savent trop comment se comporter. Ils avaient bien remarqué que, depuis un certain temps, elle semblait lever le coude, mais à ce point?

— Elle n'est pas dans son état normal, dit Labonté. Il a dû se passer quelque chose pour qu'elle prenne une si grosse cuite...

— Il se passe toujours quelque chose avec Kate, affirme Jolicœur, prosaïque.

— Je vais voir..., se décide Labonté en ouvrant sa portière.

— À tes risques et périls, lance Jolicœur.

Le corps parcouru de tremblements, Kate est toujours penchée au-dessus du fossé enneigé. Pour la deuxième fois en vingt-quatre heures, elle voudrait être à des kilomètres de là.

— Kate...

La voix de Labonté l'atteint comme un reproche.

— J'arrive, jappe-t-elle. Inutile d'en faire tout un plat.

Labonté ne se décourage pas.

— Si tu es pour le vomir, tente-t-il avec humour, je ne me donnerai pas cette peine.

À la grande surprise de Labonté, Kate se met à pleurer.

— La blague n'était pourtant pas si mauvaise, bafouille-t-il, cherchant à se donner une contenance.

Des rires se mêlent aux pleurs de Kate.

— Je suis désolée...

154

— Pas autant que moi, la coupe Labonté sur sa lancée.

— Donnez-moi une minute, dit Kate qui parvient à se recomposer. Ça va aller mieux.

— On est là si..., commence Labonté avec plus de sérieux.

— Je sais... Une minute, OK?

Labonté, qui ne trouve rien d'autre à ajouter, retourne à la voiture.

Comment veux-tu qu'ils te respectent après ce qu'il vient de t'arriver? se dispute Kate. Et tout ça, parce qu'un homme t'a trahie...

Kate interrompt ses pensées. Paul ne m'a pas trahie, s'avoue-t-elle, décidant enfin d'affronter la vérité. Paul t'a concédé la partie. Tu gagnes, ma pauvre Kate. Tu as réussi à le faire fuir.

31

— Nous y sommes, dit Jolicœur en désignant une bâtisse rectangulaire en briques, une centaine de mètres devant eux à droite.

Après l'épisode du fossé, Kate était remontée dans la voiture, et pas un mot n'avait été prononcé. Elle avait grandement apprécié la discrétion de ses camarades.

Labonté range la voiture le long du trottoir, et les trois enquêteurs en sortent. Kate se dit qu'elle pourrait être devant un temple des Témoins de Jehovah qu'elle ne verrait pas la différence. Cependant, l'enseigne qui couronne l'édifice lui prouve qu'ils sont au bon endroit. L'Église des pénitents du Canada inc., peut-on lire.

Voyons voir ce que le pasteur a à nous dire sur ses pénitents, pense Kate, en pénétrant dans l'enceinte suivie de Labonté et Jolicœur.

Le temple a dû être construit dans les années soixante, car il ressemble en tous points aux églises catholiques «à gogo», celles que Kate a connues dans son enfance. Une architecture carrée, agrémentée de poutres triangulées, pour faire moderne, le tout couronné d'une ouverture aux vitraux cubistes laissant filtrer la lumière divine. Il y a aussi, bien sûr, ce qui peut ressembler à une croix de bois blond, flanquée d'un Christ tout aussi abstrait. Des symboles flous, pour une vérité floue, constate Kate.

— Sergent McDougall! lance une voix tonitruante à l'autre bout du temple.

— Pasteur Jérémie..., dit Kate en allant à sa rencontre, la main tendue.

Si Kate avait rencontré le pasteur ailleurs, elle n'aurait jamais cru que cet homme, avec lequel elle avait pris rendez-vous, puisse être le fondateur de cette Église inc. Il est tout le contraire de ses pénitents à l'air fermé. Avec son imposante carrure et sa soixantaine bedonnante et souriante, il a l'air fort et rassurant du père dont toutes les jeunes filles rêvent. À vrai dire, Kate l'adopterait immédiatement.

— Je vois que vous appréciez notre beau temple, dit le pasteur. Vous voyez... ça..., dit-il en montrant avec fierté les poutres d'apparat, ça représente les montants d'une tente...

— Pardon? questionne Kate qui ne comprend pas.

— Ah... Vous êtes étrangère à notre genre de groupe religieux.

À la religion, point, songe Kate.

— Expliquez-moi..., dit-elle plutôt, avec un sourire.

— À l'origine du mouvement, ma femme – Dieu ait son âme! – et moi nous déplacions de village en village... Élevant notre tente à chaque endroit, invitant les fidèles à venir nous rencontrer...

— Des *campmeetings*..., murmure Kate. Todd va apprécier, pense-t-elle.

— Exact, confirme le pasteur. Maintenant que nous avons notre temple... nous nous déplaçons rarement.

— Ah..., formule Kate, laconique, qui se demande néanmoins si les motivations du pasteur à rester sur place n'ont pas plus à voir avec le pouvoir que lui confère sa sédentarité.

— Pour en revenir aux poutres... C'était donc tout naturel, lors de la construction du temple, de vouloir recréer l'ambiance conviviale d'une tente.

— Il faut des sous pour..., intervient Jolicœur.

— Les sergents Labonté et Jolicœur, le coupe Kate, se rendant compte qu'elle n'a pas fait les présentations.

— Les membres du groupe sont très généreux de leur temps et de leur talent, répond le pasteur sans façon.

— Je vois..., conclut Jolicœur.

— Bien que, parfois, ajoute-t-il, la bonne volonté ne suffise pas.

Kate l'interroge du regard.

— Les matériaux... Il faut bien les payer.

— Oui, en effet. Vous avez aussi eu l'aide de votre congrégation pour le collège?

Kate a nettement l'impression que sa question a surpris le pasteur.

— Le collège, poursuit-il avec orgueil après quelques secondes, est une de nos belles réussites. Plusieurs professeurs sont membres de notre communauté et, un jour, ils en ont eu assez du taux de décrochage de nos jeunes. Ils ont alors décidé de créer un collège spécifiquement adapté à leurs besoins. Je les ai, bien sûr, appuyés.

— Et comment faites-vous pour boucler les fins de mois? questionne Labonté qui n'en revient toujours pas.

Le pasteur sourit.

— Le troc.

— Le troc? répète Jolicœur.

— La vieille école de rang à l'abandon nous a été offerte par le fermier à qui appartenait la terre où elle était bâtie. Et, encore une fois, la communauté a donné généreusement de son temps et de son talent pour la rénover. Nous sommes une communauté tissée serrée.

— Et les salaires des professeurs? poursuit Kate.

— En échange de leurs services, la communauté les loge et les nourrit. L'Église des pénitents pourvoit au reste de leurs besoins financiers.

Les trois sergents ont l'air pantois.

— Je sais, dit le pasteur. À cette époque de surconsommation, c'est surprenant.

Surprenant et presque enviable, songe Kate.

— Réussi, n'est-ce pas? lance le pasteur, admirant de nouveau son chef-d'œuvre architectural.

— Très, répond Kate, qui veut maintenant couper court. Pasteur... Nous aurions quelques questions à vous poser.

— Je n'ai pas d'objection... pourvu que vous ne me demandiez pas de briser le lien de confidentialité qui existe entre mes pénitents et moi, lance-t-il en lui faisant un gros clin d'œil.

En me fournissant le nom du meurtrier, par exemple, pense Kate avec ironie.

— Bien sûr. Tout ce que nous recherchons, ce sont des impressions.

— La première chose que je peux vous dire, c'est que je ne crois pas un seul membre de notre communauté capable de commettre les horreurs sur lesquelles vous enquêtez. Je ne dis pas que certains d'entre eux n'ont pas l'âme noire... Mais de là à...

— L'âme noire? l'interrompt Kate.

— L'âme des pécheurs, mon enfant, répond le pasteur en lui souriant.

Labonté et Jolicœur se regardent et roulent des yeux.

— Connaissez-vous Sara Thomas? questionne soudain Kate à qui l'image mentale de la jeune fille s'est imposée en entendant le mot «enfant».

Le pasteur est surpris.

— Vous ne pouvez certainement pas soupçonner cette enfant d'avoir...

— Bien sûr que non, rétorque Kate aussitôt. Elle était parmi les curieux sur la scène du crime... C'est normal de se renseigner sur eux. La procédure..., ment Kate. Que pouvez-vous nous dire sur elle?

Le pasteur réfléchit avant de répondre.

— L'avez-vous vue?

— Évidemment...

— Alors, vous avez votre réponse.

Kate est tentée de lui demander s'il fait référence à la lumière qui se dégage de Sara, mais elle ne veut pas lui donner l'impression qu'elle adhère au mysticisme religieux.

— Je ne comprends pas...

Le pasteur la fixe longuement avant de s'expliquer.

— Je fais référence à sa pureté.

— Sa pureté? ne peut s'empêcher de répéter Jolicœur.

— Oui, sergent, vous avez bien compris, reprend le pasteur avec douceur. Un visage comme le sien ne peut être que le reflet de la pureté qui l'habite.

De façon machinale, Kate glisse la main dans la poche de son parka, et ses doigts frôlent l'ange de papier qui y repose toujours. Encore une fois, la silhouette de Sara se superpose à celle de l'ange. Puis, étonnamment, à la sienne, quelque trente ans plus tôt...

— Vous croyez vraiment à ce que vous dites? interroge Kate, sortant sans s'en rendre compte l'objet de sa poche, absorbée par la représentation mentale qui a envahi son cerveau.

Le pasteur remarque l'origami, mais n'en tient pas compte.

— Vous êtes catholique?

— J'ai été baptisée, oui, donne Kate pour toute réponse.

— Alors, vous êtes familière avec la croyance que les yeux sont le miroir de l'âme...

— Oui... ce qui ne veut pas dire que j'y adhère.

— N'avez-vous jamais dit de quelqu'un qu'il a les yeux méchants? Ou encore qu'il a des yeux d'hypocrite? Ou de menteur?

— Je suppose...

— Alors... Ne pourraient-ils pas être le reflet d'une âme noire?

— À supposer que l'âme existe, argumente Kate.

— Vous croyez aux ténèbres? continue le pasteur en la fixant droit dans les yeux.

Kate grimace. Elle a depuis longtemps cessé de croire au Dieu qui l'a abandonnée, mais elle doit admettre qu'elle n'a jamais cessé de croire aux ténèbres. Au mal qui rôde.

— Je crois que le mal existe, avoue-t-elle, à contrecœur, triturant toujours la figurine de papier.

— Le mal ne peut exister sans le bien, sans la pureté. La lune n'existe pas sans sa face cachée. Réfléchissez-y bien! Et si j'étais à votre place... je ne maltraiterais pas les anges, dit-il en lui pointant l'ange torturé entre ses doigts. Ils pourraient vous venir en aide.

Kate glisse aussitôt l'origami dans sa poche, au grand étonnement de Labonté et Jolicœur qui ne l'avaient pas remarqué.

— Sara Thomas serait donc l'opposé du mal, poursuit-elle rapidement.

— En quelque sorte..., dit le pasteur, soudain distrait.

— Pasteur?

— Oh, excusez-moi..., murmure ce dernier en émergeant de ses réflexions. En voyant mon bon Pierre, dit-il en désignant d'un signe l'homme à tout faire qui a commencé à nettoyer le temple, cela m'a ramené à mon sermon de ce soir sur la rédemption... et que je n'ai pas encore terminé. Vous avez d'autres questions? ajoute-t-il en leur indiquant presque la porte.

— Non... Ça va aller. Je vous remercie de votre aide.

— Vous êtes toujours la bienvenue dans la maison du Seigneur, dit le pasteur avec un sourire à faire fondre toute résistance.

— Je n'en doute pas..., répond-elle au pasteur en souriant à son tour. Et je ne doute pas une seule seconde, continue-t-elle pour Labonté et Jolicœur en sortant, qu'il réussirait à endoctriner... même le diable!

32

Todd étant déjà à Perkins, et Perkins étant à mi-chemin entre Saint-Simon-de-Tring, d'où ils arrivaient, et Montréal, où Todd, Labonté et Jolicœur rentreraient plus tard, ils s'étaient donc donné rendez-vous au chalet de Kate pour faire le point.

— Il pourrait endoctriner le diable, dit Todd une fois le compte-rendu du trio terminé, mais est-il dangereux?

Kate regarde Labonté, qui regarde Jolicœur.

— Autant je suis allergique à ce genre de discours..., soupire ce dernier, autant le gars ne me donne pas l'impression d'être dangereux. Il ressemble aux bons vieux curés de mon enfance. Pas les pédophiles, ni les opportunistes, mais ceux qui croyaient vraiment. Un peu illuminé, pas trop, juste ce qu'il faut pour que les fidèles croient.

— Kate? questionne Todd.

Kate hausse les épaules.

— C'est un *preacher*... Il a l'habitude des discours enflammés et des paroles convaincantes. Qui sait s'il ne nous manipule pas?

— A-t-on des raisons de le croire? argumente Labonté.

— Aucune, rétorque Kate, découragée.

— Ce qui ne doit pas nous empêcher de penser qu'il le fait, dit Todd.

Kate le regarde d'un air surpris.

— Je veux dire, continue Todd, que l'absence de preuve n'est pas nécessairement une preuve qu'il ne nous manipule pas. On doit garder l'esprit ouvert... Malgré nos perceptions.

— Bon, enchaîne Kate, je crois que le mieux serait que je retourne l'interroger seule. J'ai cru remarquer qu'il a pris un certain plaisir à échanger avec moi cet après-midi.

— Oui, dit Jolicœur en riant, il a vu la brebis égarée en toi.

— Fais attention qu'il ne te convainque pas de rentrer au bercail, ajoute Labonté en riant.

— Je ne m'inquièterais pas pour ça... Kate a un ange pour la protéger! ajoute Jolicœur, faisant allusion à l'origami dont Kate a fini par leur expliquer la provenance.

Kate ne peut résister et éclate de rire à son tour.

Seul Todd ne prend pas part à l'hilarité générale. Il a vu, lui, l'effet *preacher* sur les femmes...

33

Après avoir passé le reste de la journée à deviser sur les affaires en cours, Labonté, Jolicœur et Todd étaient finalement rentrés à Montréal. Ses collègues partis, Kate avait chaussé ses raquettes et était allée randonner en forêt, afin d'éliminer ce qui restait de toxines dans son organisme. Elle avait besoin de se nettoyer. Elle se sentait sale. Comme à tant d'autres moments dans sa vie. Mais cette fois, elle en était entièrement responsable...

L'exercice lui avait toujours été bénéfique. Et elle n'avait pas besoin d'être Freud pour comprendre que lorsqu'elle plongeait dans l'activité physique, elle reprenait contact avec son corps. Avec la vie...

Sa promenade terminée, Kate avait passé un bon moment avec sa chatte Millie. La bête, qu'elle avait beaucoup négligée ces derniers temps, ronronnait de bonheur en sentant les doigts de sa maîtresse fourrager son poil.

— Je suis ingrate, lui murmure Kate à l'oreille, en lui caressant le ventre. Tu es toujours là pour moi, et moi...

L'image du pasteur surgit dans la tête de Kate. Toi, tu te cherches quelqu'un pour t'absoudre de tes péchés, se dit-elle, agacée par cette irruption mentale. Et quoi de mieux qu'un pasteur?

Était-ce vraiment aussi facile? Suffisait-il de confier ses péchés à un «officiel» pour se sentir absoute? Enfin libérée de la culpabilité qui ronge? Kate en doutait. Du moins en avait-elle toujours douté jusqu'à présent. Mais si ça fonctionnait? Si la foi pouvait vraiment soulever des montagnes?

Je deviens complètement gaga, songe Kate en déposant Millie par terre. N'importe quoi.

— Kate?...

Perdue dans ses réflexions, elle laisse échapper un cri.

— Désolé..., dit Paul. La porte n'était pas verrouillée, alors...

Kate, qui n'a revêtu qu'un long t-shirt après avoir retiré ses vêtements de sport, se sent ridiculement nue devant Trudel. Elle n'aurait pas eu cette impression, il n'y a pas si longtemps...

— Qu'est-ce que tu veux? demande-t-elle en saisissant un vieux jeans qui traîne.

— Ma visite est en partie officielle.

Kate le dévisage, étonnée.

— Attends..., dit-elle en s'éloignant vers sa chambre. Je reviens.

Paul hoche la tête et se maudit d'avoir autant envie de la suivre.

Kate revient quelques secondes plus tard, habillée.

— Je peux? interroge Paul en indiquant le canapé.

— Fais comme tu veux, répond Kate qui reste debout, appuyée contre une poutre du chalet.

Paul s'assoit. Il est évident à le voir mâchouiller l'intérieur de ses joues qu'il ne sait par quel bout commencer.

— Vas-y, dit Kate, qui désire couper court au suspense.

— Le docteur Létourneau…

Kate se crispe.

— J'ai reçu un rapport concernant ta consommation d'alcool. Je ne m'éterniserai pas sur le sujet. Ce que tu fais en dehors du travail – il hésite – ne me concerne pas. Je veux juste que tu répondes à ma question…

Kate le fixe, mais ne dit rien.

— Est-ce que ta consommation risque d'être un problème sur le terrain?

Kate bénit Labonté et Jolicœur pour leur discrétion.

— Ce ne le sera pas, dit-elle, utilisant volontairement le futur.

Trudel hoche la tête.

— Très bien, je te prends au mot. Le dossier n'ira pas plus loin que mon bureau.

— Merci…

Le silence s'éternise.

Pourquoi ne peux-tu pas lui dire que tu regrettes? s'interroge Kate, les yeux plantés dans ceux de Paul.

— Nous devons…, dit Paul, décrochant son regard du sien, nous devons parler de la situation.

— C'est inutile, l'interrompt Kate. Il n'y aura pas de «problème». Ne t'inquiète pas.

Malheureux, Trudel ne sait où poser les yeux.

— Je ne l'ai pas voulu, Kate.

— Je sais…

— Je… J'ai…

Trudel cherche ses mots, misérable.

— Tu comprends…, finit-il par avouer en retrouvant le courage nécessaire pour la regarder bien en face. L'amour ne suffit pas toujours…

Ses mots résonnent dans le chalet comme un glas agonisant.

169

— Merci... pour le rapport de Létourneau...,
bredouille enfin Kate, incapable d'articuler autre
chose.

Trudel se lève et se traîne pesamment jusqu'à la
porte.

Kate ne fait aucun geste pour le retenir.

34

Après le départ de Paul, Kate avait longuement ressassé ses paroles. Elle ne lui avait jamais dit qu'elle l'aimait, pourtant, lui l'avait fait des centaines de fois. Même aujourd'hui...

«L'amour ne suffit pas toujours...»

Sur ce point, Paul avait raison. La mère de Kate avait aimé son père, et malgré cela, son amour n'avait pas empêché l'homme de la battre tous les soirs que le bon Dieu amenait. Sans compter l'ultime agression...

Ce qui agaçait Kate au plus haut point, c'était de se retrouver de l'autre côté de la clôture. C'était d'elle, aujourd'hui, que l'amour n'était pas venu à bout. D'elle et de ses angoisses. D'elle et de son incapacité à rendre l'amour offert. Pourtant...

Quel beau gâchis! pense Kate en ouvrant le dossier du résumé de l'affaire qu'elle traîne toujours avec elle, luttant férocement contre son envie de boire. Tu as le reste de la fin de semaine pour arriver avec une idée brillante, se dit-elle en se calant dans le fauteuil occupé plus tôt par Paul. Personne ne t'attend nulle part...

Kate retire la photo de Sara Thomas qu'elle a incorporée au dossier. Elle n'a pas eu le temps d'interroger la jeune fille depuis sa tentative avortée, mais elle sait qu'elle doit le faire impérativement. Pourquoi elle ressent cette urgence, elle l'ignore. Tout ce qu'elle sait, c'est que dans le regard de Sara, elle comprend à présent qu'elle a vu le sien. Elle s'est retrouvée dans ce regard, comme dans un miroir.

Un miroir...

Y ai-je vu la peur que j'ai moi-même ressentie, il y a plus de trente ans? s'interroge Kate soudain. Mais... Peur de qui? De quoi? Du mal?

Kate a beau tourner et retourner les questions dans sa tête, elle ne trouve pas de réponses satisfaisantes. Excédée, elle abandonne et décide qu'une balade en voiture lui fera le plus grand bien.

35

Était-ce le thème du sermon – la rédemption – qui avait attiré Kate? Elle aurait été incapable de répondre à cette question. Quoi qu'il en soit, après avoir quitté son chalet, elle avait pris la route de la Beauce et avait abouti au temple de l'Église des pénitents.

Quand Kate avait pénétré dans l'enceinte, le sermon était déjà commencé, et à l'intensité des pénitents, elle avait deviné qu'il avait débuté depuis un moment. Kate, qui n'avait connu que quelques messes plates dans son enfance, n'en revenait pas. Il n'y avait rien d'ennuyeux dans ce temple. La joie était presque tangible.

Avec discrétion, Kate s'était faufilée sur le côté et avait déniché un endroit, à l'abri des regards, pour observer la «magie» du pasteur. Car l'homme, à n'en pas douter, était sûrement l'être le plus charismatique qu'elle ait jamais rencontré. La centaine de pénitents réunis pour l'entendre lévitait presque. Il était le musicien, eux, le violon sur lequel il jouait. Et c'était un virtuose. Toute la gamme des émotions y passait. Des pizzicatos du ciel aux trémolos de l'enfer. Il enflammait littéralement les âmes présentes.

«Ma femme, Dieu ait son âme, connaît maintenant la véritable rédemption…»

«Dieu soit loué!»

«L'unique rédemption... Celle qui efface tous les péchés!»

«Dieu soit loué!»

«Car ce n'est que dans la mort, dans l'ultime sacrifice, que se trouve la rédemption!»

«Dieu soit loué!»

— *Amen*, murmure Kate, sans s'en rendre compte.

Les yeux de Kate se voilent. Comme il serait bon de pouvoir enfin se reposer. Se sentir enfin accueillie, reçue...

«Toi, le pénitent, souris devant la mort!»

«Dieu soit loué!»

«Toi qui souffres, embrasse ta douleur!»

«Dieu soit loué!»

«Car la souffrance nettoie l'âme...»

«Dieu soit loué!»

«La douleur nous purifie...»

«Dieu soit loué!»... «Dieu soit loué!»... «Dieu soit loué!»... «Dieu soit loué!»

Kate se laisse bercer par les «Dieu soit loué», que psalmodie l'assistance. Elle appartient enfin...

— Sergent McDougall?

Kate est aspirée dans la réalité comme dans un vortex.

— Pasteur..., dit-elle, complètement ailleurs. Excusez-moi, je...

— Suis-je si ennuyant? demande-t-il avec un immense sourire.

— Non..., bafouille Kate qui ne comprend pas comment, au milieu de cette assistance, elle a pu se perdre si loin dans ses pensées. Bien sûr... non.

— Je vous ai vue arriver, plus tôt, pendant mon sermon... J'espérais que vous resteriez jusqu'à la fin pour vous parler.

— Eh bien, je suis là...

— Voulez-vous me suivre? J'ai un bureau à l'arrière, entre le temple et la résidence.

Encore à moitié dans les limbes, Kate n'arrive pas à raisonner clairement. Elle acquiesce à la demande du pasteur et le suit en silence au fond du bâtiment. Le pasteur serre des mains au passage, console des éplorés, prodigue des conseils... Un père pour tous ceux qui l'approchent.

— Par ici, dit-il, en ouvrant la porte de son bureau et en faisant signe à Kate d'y pénétrer.

Kate obtempère.

Le bureau du pasteur ne ressemble en rien à l'image que Kate aurait pu s'en faire. À part quelques reproductions de peintres célèbres abordant des thèmes religieux, rien d'autre dans la pièce ne lui rappelle qu'elle se trouve chez un pasteur. Le décor est simple, chaleureux, invitant. Au grand soulagement de Kate, l'aspect très «normal» de l'endroit la tire du cocon mystique dans lequel le sermon l'avait plongée. Le pasteur prend place derrière son bureau et invite Kate à faire de même dans le fauteuil d'invité en face de lui.

— Merci...

Kate s'assoit.

— Je dois faire mon mea-culpa, dit le pasteur. À la fin de notre dernier entretien, mon comportement n'a pas été très chrétien. Vous et vos collègues... Je vous ai presque chassés du temple comme des voleurs, ajoute-t-il en riant.

L'image du Christ chassant les pharisiens du temple traverse l'esprit de Kate. Un souvenir de son éducation religieuse chez les sœurs.

— Vous vous considérez comme un sauveur? demande-t-elle abruptement au pasteur.

Ce dernier la regarde droit dans les yeux.

— Vous semblez avoir peu de foi dans le genre humain, dit-il en guise de réponse. On vous a sûrement fait beaucoup de mal.

Kate recule instinctivement sur son fauteuil. Qu'est-ce qu'il connaît de moi? se questionne-t-elle, alarmée.

Le pasteur, qui n'a pas manqué sa réaction, sourit.

— Vous n'êtes pas la première personne à douter de ma sincérité, ou de celle des membres de mon Église... Généralement, en creusant un peu, il m'est facile de découvrir que ce rejet est directement lié aux souffrances dont la personne a été victime. Quand on a été blessé profondément, il est souvent difficile de croire que le bien existe.

— Vous vous croyez l'incarnation du bien? parvient à articuler Kate.

Le pasteur lui sourit.

— Kate... Vous permettez que je vous appelle Kate?

— À votre guise...

— Kate... Je suis un homme. Avec tout ce que cela comporte de vulnérabilité et de faiblesse. Je ne pourrais jamais prétendre être l'incarnation du bien. Je n'en suis que son humble messager...

— Vous avez dit tout à l'heure que vous désiriez me voir..., poursuit Kate, à présent très mal à l'aise, et désirant subitement couper court à la conversation.

Le pasteur, bon enfant, abandonne le sujet et répond à sa demande.

— Je voulais m'excuser de mon attitude et vous dire que je suis prêt à vous offrir humblement ma collaboration...

— Merci, dit Kate en se levant, renversant presque le fauteuil dans lequel elle avait pris place, tellement sa hâte est maintenant grande de quitter le bureau du pasteur. Je transmettrai le message à mes collègues.

36

Labonté et Jolicœur dévoraient en silence leur assiette de jambon à l'ananas. Ils se mouraient de faim. Et pour cause. Toute la matinée, les pieds dans la gadoue, ils étaient passés de porte en porte dans Saint-Simon-de-Tring à la recherche de la plus petite information pouvant les mettre sur une piste. Cependant, malgré leurs efforts, ils avaient éprouvé deux problèmes majeurs. D'abord, ils ne savaient pas exactement ce qu'ils cherchaient. Ensuite, ils faisaient face à un mur de silence. D'une maison à une autre, ils avaient obtenu des réponses monosyllabiques à leurs questions, quand ce n'étaient pas des grognements inaudibles. Bien sûr, ils s'y attendaient. Il y a toujours une sorte d'*omerta* dans les villages. Une loi locale du silence… «Nous ne nous mêlons pas de vos affaires, ne vous mêlez pas des nôtres.»

Cette fois, néanmoins, les enquêteurs avaient nettement l'impression que cette réaction dépassait la norme habituelle.

— On dirait qu'ils se sont donné le mot, dit Jolicœur en repoussant son assiette.

— C'est sûr qu'ils ne sont pas jasants, ajoute Labonté, mais ils ne font peut-être que se protéger.

Jolicœur le questionne du regard.

— Qu'est-ce qu'on sait d'eux? continue Labonté.
Ils sont peut-être victimes d'ostracisme... À cause de
leur religion. Un peu comme tes amis musulmans
de la Rive-Sud.

Jolicœur réfléchit à la question.

— Possible...

— Je sais qu'on n'a pas l'habitude de voir les petits
groupes religieux qui poussent partout sous le même
angle que les catholiques, les juifs, les musulmans...
les grosses pointures, quoi. Mais une religion en vaut
une autre, non?

Jolicœur fait signe à la serveuse.

— Qu'est-ce que je peux faire pour vous? s'enquiert la femme rondelette, dans la soixantaine, qui
s'est approchée d'eux.

— Un café noir..., répond Jolicœur, et un thé
pour la femmelette en face de moi.

Labonté ne réagit pas. Cette boutade démodée, à
saveur homophobe, tient du rituel chez eux. Comme
un vieux couple. Elle ne rend nullement compte de
leurs convictions. La serveuse, par contre, a une réaction inattendue. Elle rit aux éclats tout en répétant le
mot «femmelette», comme s'il s'agissait de la chose
la plus drôle qu'elle ait jamais entendue.

Une fois la femme partie, les sergents se regardent,
étonnés.

— C'était quoi, ça? demande Labonté. La dernière fois que quelqu'un a ri de cette blague, c'était
en 1950.

Jolicœur se tourne en direction de l'employée,
occupée derrière le comptoir. Il la voit qui rit encore
de sa blague. Une religion en vaut-elle vraiment une
autre? s'interroge-t-il en se rappelant les paroles de
Labonté.

37

Pour quelle raison, la veille, s'était-elle enfuie presque en courant du bureau du pasteur? Kate se pose encore la question en garant sa voiture devant le collège de Saint-Simon. Elle comprend très bien qu'elle a pris peur. Mais de quoi? De qui? Du pasteur? L'homme a réussi à l'effrayer, elle n'en doute pas. Toutefois, elle ne parvient pas à discerner si cette frayeur résulte de sa proverbiale intuition qui lui crie: «Attention, cet homme est dangereux», ou s'il la trouble simplement parce qu'il a, en un clin d'œil, vu en elle.

Le pasteur est charismatique et peut soulever la foule..., songe Kate, mais ses intentions sont-elles louables? Il n'a témoigné que bonté envers moi depuis que je l'ai rencontré. Mais encore là... Peut-être n'est-ce qu'une forme de manipulation? J'ai vu son ascendant sur les membres de sa congrégation...

— Je suis le sergent Kate McDougall de la SQ, et je désire parler à Sara Thomas, dit-elle à la réception-niste derrière le comptoir.

Kate n'a pas pris de risque. Si Sara, comme l'a présumé Todd, s'est esquivée lors de sa première visite, elle va, cette fois, la prendre par surprise, en pleine période de cours.

Sa requête crée toute une commotion.

Alice Dunberry, la directrice de l'école, commence par refuser, alléguant que l'enfant est mineure et qu'elle doit obtenir l'autorisation de ses parents.

— La loi..., s'essaie-t-elle à expliquer.

Mais Kate l'interrompt sans façon. Elle connaît la loi. *Shit!* C'est elle, la loi.

Alice Dunberry n'a pas l'habitude de s'en laisser imposer, mais Kate argumente avec force, et mensonges, que la loi sur les mineures ne couvre pas les dépositions de témoins, et que Sara Thomas n'étant pas un suspect, mais un témoin possible, il n'est pas nécessaire d'obtenir l'autorisation de qui que ce soit pour lui parler. Elle en rajoute en menaçant Alice Dunberry de l'accuser d'entrave à la justice.

Dunberry obtempère sur-le-champ.

— Bonjour, Sara, dit Kate à la jeune fille à présent assise devant elle.

— Bonjour, murmure Sara.

Kate lui sourit.

— Je suis le sergent Kate McDougall de la Sûreté du Québec.

La petite hoche la tête.

Kate se passe la réflexion que Sara est comme une feuille qui tremble au vent. Sur le point de se détacher de l'arbre...

— J'aurais quelques questions à te poser.

Le tremblement de l'enfant s'intensifie, pendant qu'elle jette des regards affolés en direction de la porte.

— Je ne sais rien, parvient-elle à articuler, la bouche asséchée par la peur. Je ne connaissais pas la fille...

Kate est aussitôt sur ses gardes. *Comment a-t-elle deviné que je voulais lui parler de l'inconnue?* Et comment peut-elle dire qu'elle ne la connaissait pas puisqu'ils ne l'ont toujours pas identifiée?

— Tu es certaine que tu ne la connaissais pas? demande-t-elle prudemment.

— Certaine, réussit à répondre Sara avec fermeté.

Kate la fixe.

— C'est étrange que tu dises ça... puisqu'on ne sait même pas qui c'est...

De nouveau des regards affolés en direction de la porte.

— C'est ce que je voulais dire, se reprend-elle en bredouillant. Je ne sais pas qui elle est.

Elle ment, pense Kate. Cependant, elle n'insiste pas et change de sujet.

— La raison pour laquelle je voulais te parler, c'est que nous interrogeons tous ceux qui se sont retrouvés autour de la scène de crime. Et je me souvenais t'avoir vue... en compagnie de ton père.

Sara hoche la tête sans rien dire, le corps raide, attentive.

— J'avais remarqué tes jolis yeux, ajoute Kate avec un sourire.

Sara rougit mais ne dit rien.

Kate, qui ne la lâche pas des yeux, glisse sa main dans la poche de son parka et en sort l'ange de papier, qu'elle a pris soin, préalablement, de défroisser.

— Tu l'as laissé tomber..., dit-elle en lui tendant.

Sara regarde l'objet défraîchi et hausse les épaules.

— Vous pouvez le garder, j'en ai d'autres...

Puis elle sort de la poche de sa tunique une poignée d'anges de toutes les grandeurs.

Kate est d'abord surprise, puis il lui vient une idée.

— Ils sont là pour te protéger? la questionne-t-elle.

— Oui... Ce sont mes anges gardiens..., murmure Sara.

Kate incline la tête.

— C'est toujours bon d'avoir des anges pour se protéger. Merci, dit Kate jetant un regard à celui qu'elle tient à la main. J'aurais aimé en avoir un comme celui-là, autrefois...

Kate a toujours les yeux posés sur l'ange, mais elle est à l'affût de la réaction de Sara.

— Vous avez déjà eu besoin de protection? finit par demander Sara.

Et voilà, songe Kate. Je la tiens.

— Oui, j'ai déjà eu très peur qu'on me fasse du mal... Et je me sentais bien seule. J'aurais aimé avoir un ange pour m'aider...

Sara est suspendue à ses lèvres.

— Pour m'aider à sauver mon frère...

— Votre frère?

— Quelqu'un lui faisait du mal et j'étais trop petite pour le secourir...

À la surprise de Kate, Sara s'empare de sa main libre et y dépose la poignée d'anges.

— Je peux en faire d'autres, ajoute-t-elle.

Le geste de l'enfant bouleverse Kate. Elle peine à garder le contrôle. Elle met les anges dans sa poche et se lève, tournant le dos à Sara pour essuyer discrètement une larme qui a fait son chemin sur sa joue.

— Tu as déjà eu très peur, toi aussi? lâche-t-elle.

Sara ne bouge pas. On dirait même qu'elle ne respire pas.

— Je me demandais, dit Kate... À cause de tous ces anges...

Sara se mord l'intérieur des joues.

— Peut-être as-tu vu quelque chose d'apeurant... là où on a trouvé la femme...

Sara tremble à présent de la tête aux pieds.

— Un détail dérangeant, reprend Kate, qui s'en veut presque. Un comportement bizarre, une personne étrange...

— Je n'ai rien remarqué, déclare tout à coup Sara, à voix haute, décidant de ne rien confier à Kate. Rien de spécial. Vraiment. Est-ce que je peux retourner en classe, maintenant?

Kate la fixe un instant, puis lui fait signe qu'elle est libre de partir. Sara se précipite dehors.

38

Todd avait pris rendez-vous à la Gendarmerie royale avec le caporal Leclerc, responsable de la division des enquêtes sur les sectes religieuses. Cette Église des pénitents ne lui disait rien qui vaille et il voulait en avoir le cœur net.

— Le gars est un illuminé, c'est certain, mais on n'a jamais eu de plainte contre lui.

Leclerc fait allusion au pasteur Jérémie Boudreault.

— Pourtant, vous avez un dossier sur lui? réplique Todd.

— Oui, mais il date de la création de la division. À cette époque, on a recensé tous les groupes religieux... Du moins ceux qui sont déclarés. L'Église des pénitents en faisait partie. Les officiers chargés de les recenser interviewaient les responsables et mettaient des notes au dossier. Histoire d'avoir des points de référence. Au cas où..., termine-t-il en souriant.

Todd hoche la tête.

— L'Église des pénitents..., ajoute Leclerc, je ne la qualifierais pas de secte, à proprement parler. C'est une Église en bonne et due forme. Comme l'Église catholique ou protestante... Mais en plus petit. Je doute fort que le pasteur Jérémie Boudreault ait la même influence que le pape sur les puissances mondiales!

Mais sur ses fidèles? songe Todd.

— Est-ce que vous avez eu des cas de secte où... Todd cherche ses mots.

— ... où les gens n'étaient pas confinés? Leclerc le questionne du regard.

— Je m'exprime mal, remarque Todd. En fait, ce que je veux savoir, c'est... L'hypnose de masse... qu'on trouve dans une secte où les membres sont tenus à l'écart du reste du monde, peut-elle exister si le groupe n'est pas fermé sur lui-même?

Leclerc sourit.

— Toutes les religions « bénéficient » de l'hypnose de masse. À des degrés divers. Tout dépend du charisme des leaders, de la mythologie qui les entoure, du contexte social dans lequel les religions évoluent... Les évènements du 11 septembre, il me semble, sont un exemple flagrant de cette hypnose.

Todd réfléchit.

— Vous soupçonnez le pasteur Jérémie d'être responsable des morts en Beauce? questionne le caporal.

Todd hausse les épaules. Il ne sait plus quoi penser.

— En fait, je ne faisais que jeter une ligne à l'eau...

— Vous êtes dans le noir, quoi.

— Oui, soupire Todd. Le noir total.

39

Labonté et Jolicœur étaient arrivés à la station-service au moment où le propriétaire s'apprêtait à mettre la clé dans la porte et à fermer pour la soirée. Il était visiblement irrité de les voir rebondir chez lui. Cependant, Labonté ayant finassé avec adresse, et Jolicœur ayant pris soin de faire le plein d'essence, le garagiste était à présent de meilleure humeur.

— On ne vous dérangerait pas, dit Labonté qui continue à l'amadouer, si ce n'était pas impératif.

L'homme opine du chef.

— Ce que je vais vous dévoiler est confidentiel, murmure Labonté qui a baissé la voix. Nous avons de bonnes raisons de croire que quelqu'un en veut à votre communauté, ment-il sciemment.

— Je ne comprends pas... Au village, vous voulez dire?

— Non... Je m'exprime mal. Je veux dire à votre communauté religieuse.

L'homme l'observe de manière étrange. Jolicœur et Labonté ne savent trop comment décoder ce regard.

— On pense que votre pasteur serait la prochaine cible du meurtrier, continue de mentir Jolicœur. Connaissez-vous quelqu'un qui pourrait lui en vouloir?

De nouveau un regard étrange de l'homme.

— Écoutez, dit-il enfin. Je ne sais pas ce que vous voulez au juste, mais je n'ai personnellement rien contre le pasteur Jérémie. L'homme a ses croyances. C'est son droit. Vivre et laisser vivre, c'est ma devise.

Labonté et Jolicœur sont surpris. Ils ont sûrement frappé à plus de cent portes depuis le matin, et, pour la première fois, ils croisent quelqu'un n'appartenant visiblement pas à l'Église des pénitents.

— On ne voulait rien sous-entendre vous concernant, affirme Labonté, pour amadouer l'homme.

Labonté sourit à Jolicœur qui lui rend son sourire. Des sourires de requins.

— En fait, enchaîne Jolicœur, on cherche à cerner l'homme. Comprendre qui pourrait en vouloir au pasteur...

Le garagiste est sceptique.

— Enquêter, c'est notre métier, intervient Labonté. Et s'il y a une chose dont on est sûrs, c'est que... Connaître la victime, c'est connaître l'agresseur.

L'homme hoche la tête.

— Je ne crois pas à son charabia, mais ma femme me dit que l'homme est correct...

— Votre femme? répète Labonté.

Le garagiste grimace.

— Tout ce que vous nous direz restera entre nous, tente l'enquêteur. Cette entrevue est confidentielle.

L'homme le fixe un court instant, puis se décide à parler.

— Le pasteur... il a réussi à embrigader tout le village. Ma femme a fini par suivre...

— Pas vous?

— C'est comme je disais... je ne crois pas à son charabia.

Les sergents se contentent de faire un signe de la tête.

— Avez-vous des enfants? demande Labonté, à brûle-pourpoint.

L'homme lui jette un regard rempli de douleur. Labonté a vu juste.

— Une fille... Corinne, finit par articuler l'homme.

— Et elle fait partie de l'Église...

— N'allez pas vous imaginer, le coupe l'homme avec colère, que je vais laisser ma femme l'élever comme le pasteur a élevé sa fille!

— Le pasteur a une fille? s'étonne Labonté.

— Oui, ce n'est pas comme les catholiques. Ils ont leurs lois. Le pasteur a une femme et une fille. En fait, juste une fille désormais. Sa femme est morte, il y a à peu près un an.

— Donc sa fille..., dit Jolicœur, l'encourageant à poursuivre.

— Une illuminée! Elle n'apparaît en public que pour les prêches et pour diriger la chorale. Elle ne parle à personne. Et, à l'exception de ses tournées de chant dans les autres temples de pénitents, elle est toujours accompagnée de son père. Vraiment bizarre, oui...

— Dans quel sens? insiste Jolicœur.

— Je ne le sais pas, répond l'homme. Comme si elle ne faisait pas partie du reste du monde. Bizarre, c'est tout. Je me demande bien ce que Sara Thomas lui trouve.

Labonté et Jolicœur se regardent.

— Sara Thomas?

— Sara Thomas a l'âge de ma fille. Elles font toutes deux partie de la chorale de Mlle Boudreault...

— Mlle Boudreault?

— Savanah Boudreault, la fille du pasteur...

— Ah bon, d'accord..., comprend Jolicœur. Savanah Boudreault... elle est donc plus âgée que votre fille?

L'homme le dévisage comme s'il venait de prononcer la pire des âneries.

— Bien sûr, je vous ai dit qu'elle dirigeait la chorale. Elle doit avoir autour de vingt-cinq ans.

Les sergents se consultent du regard.

— Vous trouvez Savanah Boudreault bizarre... Mais ça ne vous gêne pas de lui confier votre fille? enchaîne Labonté.

L'homme lui jette un regard de travers.

— Ce n'est pas comme si elle était sa gardienne. Il y a toujours une dizaine d'enfants aux répétitions. Qu'est-ce qu'elle pourrait lui faire?

Labonté ne répond pas.

— Vous nous avez dit que Sara Thomas l'avait prise en affection..., reprend Jolicœur. Qu'est-ce qui vous fait croire ça?

— Ma fille... Vous savez comment sont les enfants... Ils veulent l'attention des grands... En tout cas... Elle est jalouse de Sara.

— Jalouse... Pourquoi? questionne Jolicœur.

— Il n'y a pas que Sara qui s'est entichée de la fille du pasteur. Mlle Boudreault, aussi, s'intéresse à Sara.

— Mais, selon vous, elle ne parle à personne, s'étonne Labonté.

— Justement, dit l'homme en les fixant. Elle aurait même offert un cadeau à Sara.

— Un cadeau? répète Jolicœur.

— Oui, un cadeau.

Puis l'homme, sans avertissement, prend ses affaires et se dirige vers la porte.

— Je me lève à cinq heures du matin, dit-il, en leur indiquant la sortie.

Labonté et Jolicœur n'insistent pas. Ils en ont déjà appris plus qu'ils n'auraient pu imaginer.

16 mai 2001

Adélard Fecteau avait travaillé sur les chemins de fer toute sa vie. Un cheminot, dans la plus pure tradition. Et à présent qu'il était septuagénaire et perclus d'arthrite, il ne lui restait que ses souvenirs... et les cendres de Jasmina.

Le visage taillé au couteau, la peau couleur de miel et la musculature d'un Adonis, Fecteau avait eu beaucoup de succès auprès des femmes. Et il ne s'en était pas privé, célébrant le célibat comme d'autres célèbrent le mariage. Car Fecteau aimait garder les coudées franches. C'était un aventurier dans l'âme.

Cependant, alors qu'il était âgé de soixante ans, il avait rencontré Jasmina. Une Haïtienne d'une grande beauté... et de trente ans sa cadette. Fecteau n'avait plus jamais regardé une autre femme.

Était-ce la couleur de la peau de Jasmina, son manque d'inhibition au lit ou, tout simplement, sa joie inaltérable qui avait séduit Fecteau, personne ne le saurait jamais. Mais Fecteau, un Beauceron qui avait traversé le Canada de long en large, qui avait conquis plus de femmes qu'il n'y avait de gares, avait finalement décidé de s'établir et de retourner vivre dans son coin de pays avec sa douce.

Quelques années avant de rencontrer Jasmina, Fecteau avait hérité de la petite maison de son père dans le village de Saint-Simon-de-Tring. Une maisonnette en clins de bois blanc qui ne payait pas de mine, mais que Jasmina et Fecteau allaient retaper pour en faire leur paradis.

C'était sans compter les habitants du village.

Depuis son adolescence, Fecteau n'avait mis les pieds dans le village qui l'avait vu naître qu'à de très rares occasions. Même à cela, il n'était pas idiot. Il savait en s'y installant avec Jasmina que leur intégration serait difficile. Mais il savait aussi qu'avec le temps, les voisins de son enfance, de bonnes gens dans l'âme, accepteraient Jasmina dans leur communauté. Ils étaient comme ça, les habitants de Saint-Simon-de-Tring. Ils disaient toujours non avant de dire oui.

C'était, cette fois, sans compter le pasteur Jérémie.

Fecteau avait été surpris de découvrir que son village, autrefois férocement catholique, était à présent presque au complet converti à un mouvement religieux importé des États-Unis. Bien malgré lui, il avait été obligé de constater que l'impérialisme américain avait étendu loin ses tentacules et investi le domaine de la religion.

Jasmina, qui ne connaissait rien des pratiques religieuses de Saint-Simon avant leur arrivée, avait, elle, été attirée par le mouvement. Elle avait besoin d'une communauté pour fonctionner. C'est pourquoi, au départ, l'idée de venir habiter dans un village l'avait enthousiasmée. C'est aussi pourquoi elle était devenue une assidue des prêches du pasteur Jérémie.

Au début, les bras ouverts du pasteur avaient facilité l'intégration de Jasmina. Si l'Église des pénitents l'accueillait en son sein, les villageois en feraient de même. Au fil du temps, toutefois, Jasmina avait compris que bien qu'elle fût acceptée à part entière, son couple ne l'était pas. Le pasteur était devenu très clair à ce sujet. Dans ses conversations avec elle et dans ses sermons.

Les mariages mixtes étaient proscrits. Au même titre que la bestialité.

Malgré les efforts de Fecteau pour contrer les effets pervers de cette religion qui lui ravissait son adorée, de troublée Jasmina était devenue obsédée. Au point où sa culpabilité d'avoir une relation avec Fecteau avait fini par vampiriser jusqu'à la moindre parcelle de cette joie qui l'habitait autrefois.

Alors, Jasmina s'était laissée couler dans son bain et n'en était plus jamais ressortie.

40

La tempête avait déferlé sur le QG comme un tsunami.

Le capitaine Julien avait débarqué dans le bureau du lieutenant Trudel et l'avait accusé non seulement de dépenser sans compter les deniers des contribuables, mais aussi de n'avoir aucun contrôle sur ses enquêteurs. Il était même allé, et ce de façon à peine voilée, jusqu'à le menacer d'une rétrogradation. Trudel avait encaissé en silence, terminant l'entretien par un «J'en prends note» tellement glacial que les oreilles indiscrètes à l'étage en avaient frémi.

Debout près de la fenêtre, Trudel réfléchit à la meilleure façon d'aborder la crise. Il croyait le problème des fuites réglé depuis le départ, involontaire, du sergent-chef Brodeur au printemps dernier, mais ils avaient peut-être de nouveau, dans leurs rangs, quelqu'un qui refilait des tuyaux aux médias. Quoi qu'il en soit, ils avaient fait la une des journaux du matin.

«Une secte en Beauce. La SQ enquête!»

L'affaire n'aurait pas été si terrible si le ministre Vallée avait bien réagi. Mais ça n'avait pas été le cas. Il était désormais clair pour Trudel qu'aucune résolution d'enquête ne conviendrait au ministre. Il voulait tout simplement que le public oublie l'inconnue de la Beauce et, par la même occasion, sa femme.

Trudel jure intérieurement. Il est en colère. Contre son équipe qui n'a pas su être discrète, mais surtout contre Julien qui n'a pas su les défendre.

En soupirant, Trudel se tourne et observe Kate, Todd, Labonté et Jolicœur, alignés devant son bureau, attendant le verdict.

Le silence est si intense qu'il en est assourdissant.

— J'espère que vous savez où vous vous en allez avec cette histoire d'Église des pénitents...

— Ce n'est qu'une hypothèse, se risque Kate.

Trudel la fusille du regard.

— J'espère que votre hypothèse va radicalement faire avancer l'enquête. Parce que son coût, ajoute-t-il en leur montrant la porte, est bien supérieur à ce que vous pourrez lire dans les livres comptables.

Labonté et Jolicœur ne se font pas prier pour sortir, mais Kate reste figée.

— J'ai terminé, sergent, dit Trudel à Kate.

— C'est de ma faute.

— Je n'en doute pas une seule seconde.

— Les journalistes ont sûrement eu vent de la commotion que j'ai créée au collège Saint-Simon, continue Kate. Ils ont dû découvrir qu'il était géré par l'Église des pénitents. Le reste est facile à deviner. Labonté et Jolicœur ne doivent pas être pénalisés, ajoute-t-elle.

— Personne ne sera pénalisé, répond Trudel sans la regarder. Je vous demande simplement d'avoir le bon sens de me consulter la prochaine fois que vous prendrez une institution d'assaut.

Kate ne comprend pas. Trudel devrait les sermonner. Peut-être, même, inscrire une faute à leurs dossiers... À mon dossier, se corrige-t-elle.

— Je sais que j'aurais dû...

— Avais-tu de bonnes raisons d'y aller, Kate?
— Oui, je crois...
— Alors, ça me suffit.
— Mais Julien...
— Je suis sûr que tu n'as pas mis ma carrière en jeu... sans réfléchir.

Kate aurait préféré mille semonces à cette confiance, qu'elle sait non méritée. Comme toujours, elle a foncé tête baissée et elle n'a pas réfléchi aux conséquences de ses actes. Tu n'apprendras jamais, se sermonne Kate en quittant le bureau.

41

— Désolée, dit Kate en pénétrant dans la salle de réunion où l'attendent ses coéquipiers.

— *Not your fault*, dit Todd. Ça peut venir de n'importe qui.

— Même de notre porte-à-porte au village, renchérit Labonté.

Kate ne se berce pas d'illusion.

— *Anyway... We have work to do*, lance Todd en souriant.

— Vous avez du nouveau? s'enquiert Kate en se rendant soudain compte qu'ils affichent tous un large sourire.

— On a fait une découverte intéressante, dit Labonté. Le bon pasteur a une fille.

— Une fille? s'étonne Kate.

— Ce n'est pas tout, continue Jolicœur, fier de leur trouvaille. Une fille de vingt-cinq ans qui serait amie avec... Sara Thomas!

Kate prend aussitôt place à la table où sont assis les enquêteurs, et Labonté et Jolicœur lui racontent en détail leur entretien avec le garagiste. Puis, son tour venu, Kate leur relate sa visite à l'école de Sara.

— Oui, bon... Mais à quoi ça rime tout ça? questionne Jolicœur.

— En tout cas, dit Labonté, si tu as raison, Kate, et que Sara Thomas connaît l'identité de l'inconnue de la croix...

— On n'est pas plus avancés, le coupe Kate. L'enfant a visiblement peur... Et je ne crois pas qu'on vienne à bout de la faire parler.

— Sara connaît la victime... Sara connaît la fille du pasteur. La fille du pasteur connaît peut-être la victime? réfléchit Todd, à voix haute.

— C'est une idée. Qu'est-ce qu'on sait sur elle? demande Kate à Labonté.

— D'après le garagiste, c'est une sorte d'ermite illuminé...

— Ça ne vous fatigue pas... cette histoire d'amitié particulière, intervient Todd. Une femme de vingt-cinq ans qui se lie d'amitié avec une fillette de treize ans et qui lui offre un cadeau.

Kate soupire.

— Ne nous lançons pas dans des conclusions hâtives. N'oubliez pas que le garagiste nous a seulement rapporté ce que sa fille «jalouse» de treize ans a vu. Avant de se perdre en conjectures, le mieux serait de rendre visite à la fille du pasteur. Vous avez une adresse? demande Kate à Labonté et Jolicœur.

— Attends, répond Jolicœur en consultant son carnet... Savanah Boudreault... 63, rue...

— As-tu dit Savanah Boudreault? l'arrête Kate.

Jolicœur acquiesce. Kate regarde Todd qui comprend sur-le-champ.

— *I'm on it!* lance-t-il en quittant la salle pour aller récupérer les dossiers des morts suspectes.

— Peut-on savoir? questionne Labonté, une fois Todd sorti.

Kate explique à Labonté et Jolicœur qu'en épluchant les dossiers elle avait trouvé étrange que deux jeunes filles qui auraient aujourd'hui l'âge de l'inconnue de la croix soient affublées du même prénom étrange. Savanah Petit. Et Savanah... Boudreault, termine Kate.

— La fille du pasteur aurait un lien avec au moins une des morts des dossiers..., conclut Labonté.

— Exact, dit Kate. Assurément, il est temps que j'aie une petite conversation avec cette Savanah.

Jolicœur reprend son carnet et lui dicte l'adresse.

— Savanah Boudreault... 63, rue Principale, Saint-Simon-de-Tring.

— 63, rue..., répète Kate en écrivant.

Puis elle s'arrête.

— Jolicœur?

— Oui?

— As-tu une idée de l'adresse que tu viens de me donner?

Il hausse les épaules.

— C'est celle de l'Église des pénitents!

— Elle habite chez son père! s'exclament presque en même temps Labonté et Jolicœur. Mais elle a vingt-cinq ans!

Kate grimace. Il y a des anguilles sous toutes les roches dans cette enquête, songe-t-elle.

42

Après avoir récupéré les dossiers des morts suspectes, Todd s'était installé dans la salle des ordinateurs en quête d'informations actuelles sur les deux Savanah. Savanah Boudreault était, il le savait, la fille du pasteur Boudreault. Il allait donc commencer par l'autre, Savanah Petit, la fille de Guy Petit, le père Noël suicidé. Todd pianote sur le bras de son fauteuil. À sa grande surprise, malgré toutes ses recherches, Savanah Petit, née à Saint-Simon-de-Tring, de Guy et Éléonore Petit, demeure introuvable. Pas de permis de conduire à son nom, pas de déclaration de revenus, pas de certificat de mariage, pas de demande pour changer de nom, pas de certificat de décès. Il ne la trouve nulle part. Ni parmi les morts ni parmi les vivants. Il décide aussitôt de vérifier si un avis de recherche a été émis à son nom. La réponse est négative. Personne ne semble se préoccuper de l'existence de Savanah Petit. Todd décide donc de procéder autrement et de retrouver sa mère, Éléonore Petit.

À peine quelques minutes s'écoulent avant qu'il ne découvre, daté de juin 1985, un nouveau certificat de mariage au nom d'Éléonore Petit. Elle s'est remariée, s'étonne Todd. Moins de six mois après la mort de son mari... Rendu suspicieux, Todd attend que le reste de l'information se télécharge.

— *Yes!* s'exclame-t-il, tout à coup. Éléonore Petit a épousé en secondes noces Jérémie Boudreault. Le pasteur de l'Église des pénitents!

Todd continue fébrilement la lecture des documents et découvre ce qu'il cherchait. Le pasteur a adopté l'enfant. Savanah Petit est devenue Savanah Boudreault!

43

La bâtisse de l'Église des pénitents qui, vue de face, avait l'apparence d'un rectangle, s'allongeait en son centre à l'arrière, pour former un « T ». C'est dans la patte du « T » que résidait le pasteur... Et, apparemment, sa fille.

Dès la fin de la réunion, Kate avait sauté dans sa voiture et s'était rendue à Saint-Simon-de-Tring, déterminée à soulever tous les cailloux. Sa motivation était simple. Elle ne connaissait pas de meilleure façon de se racheter aux yeux de Paul qu'en bouclant l'enquête.

À son arrivée à l'Église, avant que Kate ait la chance d'expliquer qu'elle désirait parler à Savanah Boudreault et non à son père, une femme, que Kate avait étiquetée « pénitente bénévole », l'avait poliment conduite dans le salon de la résidence, s'excusant pour le pasteur Jérémie qui était « dans l'impossibilité de la recevoir immédiatement, mais ferait tout en son pouvoir pour arriver au plus tôt ». Puis, elle avait disparu.

— Il est sans doute parti à la recherche d'une de ses brebis égarées, marmonne Kate, une fois la femme sortie, frustrée de ne pouvoir continuer sur son erre.

209

Pour meubler l'attente, Kate revisite mentalement les questions surgies dans son esprit pendant le trajet vers Saint-Simon.

Quel lien unit le père et la fille ? Et quel lien unit Savanah et Sara ? Le pasteur est-il au courant de l'amitié entre Sara et Savanah ? Et quel lien a l'inconnue de la croix avec tout ce beau monde...

Kate soupire.

— Désolé de vous avoir fait attendre, s'excuse le pasteur en entrant en coup de vent dans le salon. Ma chère Louise m'a fait part de votre impératif besoin de me rencontrer. Que puis-je faire pour vous ?

— Où est votre fille ? demande Kate tout de go.

— Savanah ? répond le pasteur.

— En avez-vous une autre ? réplique Kate malicieusement.

— Non, bien sûr. Je suis juste... surpris... par la question.

— J'aurais besoin de lui parler.

— Je croyais que vous vouliez me voir, moi ? rétorque le pasteur.

— Répondez à ma question, dit Kate prenant un ton plus officiel. Votre fille est-elle ici ?

— Non, répond le pasteur simplement.

— Vous l'attendez bientôt ?

— Je n'en ai aucune idée, dit-il, énigmatique.

Kate se fait la remarque qu'il a une stature vraiment imposante pour un homme de son âge. Intimidante même.

— Vous savez où elle est partie ? continue Kate, déboussolée par le calme du pasteur.

— En voyage.

Kate le dévisage.

— Depuis quand ?

— Novembre dernier, répond-il sans sourciller.

Kate est interdite.

— Elle est disparue depuis novembre?

— Disparue? Mais de quoi vous parlez? Ma fille est en tournée aux États-Unis.

— En tournée?

— Oui. Elle fait le tour des différentes chorales de l'Église des pénitents. Au cas où vous ne le sauriez pas, ma fille est un cantor réputé. Maître de chœur, ajoute-t-il, condescendant.

— Et vous avez de ses nouvelles?

— Savanah est adulte. Elle n'a pas besoin de rendre des comptes.

Kate acquiesce de la tête.

— Vous avez un numéro où on peut la joindre?

— Ça m'étonnerait que vous puissiez y arriver...

— Pourquoi?

— Les communautés qu'elle visite vivent très simplement. La majorité n'ont pas les commodités modernes... y compris le téléphone.

Entêtée, Kate poursuit.

— Saviez-vous que votre fille était amie avec Sara Thomas?

La question semble surprendre le pasteur.

— Sara fait partie de la chorale, dit le pasteur. Elles sont sûrement liées par leur amour du chant.

— Sûrement, répète Kate, pas du tout convaincue que le chant soit le lien unissant Savanah à Sara. Si vous avez des nouvelles de votre fille... prévenez-nous, ajoute-t-elle en s'apprêtant à partir. Nous aimerions lui poser quelques questions.

— Si j'ai de ses nouvelles..., répète le pasteur en la poussant fermement vers la sortie.

44

Marquise Létourneau observe Kate enfoncée dans son mutisme et se demande ce qui tracasse sa patiente.

— Allez-vous m'en parler? dit-elle au bout d'un moment.

Kate lève les yeux vers elle.

— De quoi?

— De cette chose qui vous fait tant réfléchir, répond la thérapeute avec un sourire.

— J'aimerais savoir quand je pourrai enfin vaquer à mes enquêtes sans avoir à vous inclure dans mon horaire.

Marquise Létourneau la fixe, puis répète sa question.

— Allez-vous me confier ce qui vous fait tant réfléchir...

Kate abdique.

— Êtes-vous mariée? lance-t-elle, à brûle-pourpoint.

— Oui, répond le docteur, qui joue le jeu.

— Et je suppose que c'est naturel pour vous de prendre la défense de votre mari?

— Quand je juge qu'il a raison, oui, dit le docteur en riant.

— Je n'ai jamais fait ça. Avec aucun homme. Même jeune, avec mon mari.

— Et vous savez pourquoi? questionne Marquise Létourneau.

Kate remue dans son fauteuil. Elle n'aime pas la réponse qui germe dans son esprit. Je ressemble à toutes ces bonnes femmes aigries, songe-t-elle.

— Kate?

Le regard de Kate se pose sur la thérapeute.

— Parce que je n'ai jamais fait assez confiance aux hommes pour prendre leur défense. Qu'ils se démerdent! lance-t-elle, avec ironie.

Marquise Létourneau reste silencieuse.

— Ordinaire, vous ne trouvez pas? ironise Kate.

— Votre situation n'a rien d'ordinaire, dit la thérapeute. Il est difficile pour n'importe quelle femme de faire confiance aux hommes quand un des leurs l'a trahie. Encore plus difficile quand il s'agit de son père… Et souvent impossible quand il a fait ce que le vôtre a fait.

Kate se lève.

— Vous arrive-t-il de vous pardonner quoi que ce soit? demande la thérapeute, après un moment.

Kate la fixe étrangement.

— Étonnant que vous parliez d'indulgence, car j'ai beaucoup eu l'occasion de réfléchir à la question dernièrement, finit-elle par répondre.

— Et alors?

— J'en suis venue à la conclusion que la même logique s'applique à mon père et à moi.

Le docteur l'interroge du regard.

— Si je veux croire que mon père était seul responsable de ses actes, je dois croire que je suis seule responsable de mes actes.

— Et alors?

— Quand on est coupable, on est coupable. C'est tout, réplique Kate impatiente.

Le docteur prend quelques secondes avant de poursuivre.

— Votre raisonnement n'est pas faux, Kate. Cependant, vous oubliez une donne...

— Laquelle? rétorque Kate avec un rictus de dédain.

— Vous ne voulez pas vous pardonner, parce que vous ne voulez pas pardonner à votre père.

45

En arrivant au chalet, Kate avait fait un feu dans le poêle à bois puis, comme une automate, avait marché jusqu'à sa chambre, ouvert la porte de la garde-robe, et retiré de la tablette du haut la boîte de photos qu'elle y gardait cachée. Des photos ayant appartenu à son père. Une boîte qu'elle ne s'était jamais résolue à ouvrir depuis sa mort.

Assise à la table de cuisine, Kate hésite encore. Presque trente-cinq ans s'étaient écoulés entre la dernière fois où elle avait vu son père vivant et le moment où elle l'avait découvert mort dans une chambre d'hôtel. Vingt de ces années avaient été passées en prison, mais les autres? Son père avait-il refait sa vie? Cette boîte contenait-elle les photos d'une autre femme? D'autres enfants?

Kate prend une grande respiration, retire le couvercle et passe rapidement en revue les photos de la boîte. Majoritairement des clichés pris en détention. Des camarades de cellule, des gardiens sympathiques. Puis, quelques prises de l'hôtel minable où il a fini ses jours. La réception. Son meublé...

Une photo, collée au fond de la boîte, la prend par surprise. On dirait une photo d'elle, enfant, dans son bain.

Kate s'en empare et l'examine attentivement.

Non, ça ne peut pas être elle. Si elle en juge par le décor, la photo doit dater des années trente. Kate la retourne. Sur l'endos, quelqu'un a inscrit : « Réjeanne, 9 ans. »

Une photo de sa mère !

J'étais le portrait tout craché de ma mère au même âge, s'étonne Kate. Puis cette pensée fait remonter en flèche le souvenir de la nuit du massacre. Le silence de sa mère morte, les gargouillements de son frère égorgé... et son père, le couteau levé sur elle, tremblante de peur derrière le rideau de douche. Avait-il soudainement vu Réjeanne en voyant sa fille recroquevillée dans l'eau glacée du bain ? Se pouvait-il qu'il l'ait laissée vivre à cause de cette photo ?

Kate est bouleversée. Elle sait que cela n'a pas de sens. Pourtant, elle est presque certaine qu'il y a un lien entre cette photo et sa survie. Tremblante, elle remet la photo dans la boîte et va se lover dans le fauteuil près du poêle. Elle craint la vague d'émotion qui la submerge. Elle a peur de couler. Comme au printemps dernier. Je dois me concentrer sur autre chose, se dit-elle, frissonnant de la tête aux pieds. Me changer les idées...

Kate décide de se repasser le film mental de la conversation qu'elle a eue plus tôt avec le pasteur. Si cet homme ment au sujet de sa fille, se force-t-elle à songer, c'est le diable en personne. Rien n'indique dans son langage corporel qu'il ne dit pas la vérité. Son regard est franc, direct. Sa voix assurée...

Kate revoit l'hésitation dans le regard de son père.

Bon ! Que savons-nous vraiment ? s'interroge-t-elle fermement en allongeant le bras pour prendre un bout de papier et un crayon qui traînent sur la table d'appoint, décidée à ne pas succomber à ses émotions.

Le papier posé sur le bras du fauteuil, elle écrit tout ce qui lui passe par la tête... qui n'a pas un lien avec son enfance.

Une inconnue crucifiée, mutilée pour la rendre méconnaissable.

Un cercle de morts qui englobe d'autres morts.

Une religion au centre du cercle.

Un pasteur charismatique.

Une relation particulière entre une fillette et une femme.

Kate arrête d'écrire. Savanah connaît Sara qui connaît la victime de la croix... Un triangle? Kate secoue la tête. Il n'y a rien qui étaye cette théorie. Elle repense à l'inconnue de la croix... Il pourrait s'agir de Savanah. Elles ont approximativement le même âge et, s'il est juste que Sara connaît l'identité de la victime...

Kate est arrêtée dans ses pensées par la sonnerie du téléphone.

— McDougall, répond-elle.

— J'ai une surprise..., commence Todd excité, et il enchaîne en lui faisant part des résultats de sa recherche.

Kate bondit de son fauteuil.

— Savanah Boudreault aurait maintenant deux liens avec les dossiers!

— *Right*..., dit Todd à l'autre bout du fil.

Kate décide illico qu'il leur faut revisiter les dossiers des morts suspectes. S'il advenait que Savanah ait un lien avec les autres morts... Peut-être que le cercle des pénitents ne serait, après tout, que le cercle de mort de Savanah Boudreault?

46

— C'est parti, dit Todd en s'assoyant sur le bureau en face de celui de Kate.

Après en avoir parlé, l'équipe avait convenu de diffuser un avis de recherche au nom de Savanah Boudreault, à titre de témoin potentiel dans une affaire criminelle.

— Espérons que ça va donner des résultats, dit Kate, séparant en deux la pile de dossiers devant elle, puis tendant l'une des moitiés à Todd.

— Déjà vu…, soupire Todd en contournant le bureau pour s'asseoir. Labonté et Jolicœur sont chanceux, et ils ne le savent même pas.

Todd fait référence aux protestations des deux agents quand, le matin même, Trudel les avait retirés de l'enquête pour les envoyer temporairement à Sorel enquêter sur une histoire de guerre de gangs, où il y avait eu mort d'homme.

— Tu crois que nous effectuons tout ça pour rien? interroge Kate.

Todd hausse les épaules.

— Jusqu'à maintenant, nous avons déterminé l'existence d'un lien entre Savanah Boudreault et deux des morts suspectes. Son père biologique et son amoureux d'enfance. Mais qu'est-ce que ça prouve?

— Qu'elle est dangereuse? avance Kate.

Todd grimace.

— Je sais… Si c'était le cas, elle aurait tué pour la première fois à l'âge de quatre ans. Ce qui ferait d'elle une psychopathe.

— *I don't know…*, hésite Todd. Il me semble que c'est aller chercher loin.

— Tu préfères l'hypothèse de la secte? relance Kate.

Todd la regarde, perplexe.

— Honnêtement, je ne sais plus.

Kate pousse un long soupir.

— De toute façon, nous spéculons depuis le début. Trudel a raison. Nous avons besoin de faits.

Todd pianote sur la table.

— Changeons d'angle.

— D'accord, dit Kate, mettant de côté le dossier qu'elle tient à la main. Vas-y.

Todd fait une moue dubitative.

— Sara Thomas… *Something bothers me.*

Cette réflexion étonne Kate.

— Tu ne l'as jamais rencontrée…, argumente-t-elle.

— Non, non… Je ne veux pas dire qu'elle me dérange. Attends…

Todd réfléchit.

— Tiens… Pourquoi saurait-elle qui est la victime du fossé?

Kate fronce les sourcils.

— Parce qu'elle la connaît…

— Non… *I mean…* La victime du fossé était méconnaissable. Même ses proches ne l'auraient pas reconnue tellement le tueur s'est acharné sur elle.

Kate et lui se concentrent plusieurs minutes.

— Il faut que Sara ait vu le crime…, commence Todd.

222

— … Pour savoir qui est la victime, termine Kate.

Les deux enquêteurs se regardent.

— *Shit!* jure Kate. Sara connaît le meurtrier.

47

Kate et Todd avaient sauté dans leur voiture de service et pris la direction de Saint-Simon, vers la maison de Sara Thomas. Si la petite connaissait le meurtrier, il y avait des chances que le meurtrier puisse aussi l'identifier. La jeune fille était en danger.

— J'ai vu la peur dans ses yeux... J'aurais dû comprendre plus tôt, dit Kate, qui joue nerveusement avec l'étui de son Glock.

— *What the...*, s'exclame Todd en freinant, juste après avoir pris le tournant de la rue où habite Sara Thomas.

— Recule, crie Kate. Vite!

Todd met la marche arrière, et la voiture disparaît avant que les reporters de la télé, dont les véhicules sont postés devant la résidence de Sara, ne remarquent leur présence sur les lieux.

— L'article dans le journal..., dit Kate. Ils doivent camper là depuis sa sortie.

— Qu'est-ce qu'on fait?

Kate hésite.

— Vaudrait peut-être mieux avertir Trudel, suggère Todd. On risque gros. Sur des suppositions...

— Mais si on a raison?

— On aura encore raison après avoir consulté Trudel. La petite est enfermée chez elle avec une poignée de reporters sur son parterre. Il ne peut rien lui arriver, dit Todd pour la rassurer.

Kate lui fait signe d'effectuer un demi-tour. Elle ne peut cependant s'empêcher de penser que Todd a tort. Beaucoup de choses peuvent survenir entre les quatre murs d'une maison. Elle le sait mieux que quiconque...

48

Cachée derrière les rideaux du salon, Sara Thomas surveille les allées et venues dans sa rue. Depuis que la policière l'a interrogée à l'école, sa vie est un enfer. Non seulement sa maison est le centre d'attention de reporters et journalistes de tout acabit, mais ses parents ne cessent de la questionner sur les raisons de cette enquête. Et cette situation est impossible. Car Sara ne peut répondre aux questions de qui que ce soit.

Comment pourrait-elle avouer qu'elle a désobéi à ses parents, en quittant la maison en pleine nuit? Comment pourrait-elle avouer qu'elle avait décidé, à l'insu de Savanah, de la suivre jusqu'au bout du monde?

Même si plus d'une fois, en songeant aux conseils de Savanah, elle avait été tentée de tout avouer, elle n'en avait pas eu le courage. Au fond, elle demeurait convaincue que Savanah avait tort. Elle avait accompli quelque chose de très mal. Un péché que ni ses parents ni son Dieu ne lui pardonneraient jamais. Du moins, pas dans ce monde.

Je suis stupide, se gronde Sara pour la millième fois. Si je ne m'étais pas enfuie de la maison, je n'aurais jamais rien vu.

Sara ravale ses larmes. Depuis cette horrible nuit où elle a vu l'innommable, elle est terrorisée. Elle vit avec la peur d'avoir été aperçue par le meurtrier, mais aussi dans la peur du châtiment qu'elle mérite pour avoir trompé son père et sa mère. Une peur presque égale à la première.

— Sara Thomas! Viens ici! entend-elle crier.

Sara soupire et surveille une dernière fois sa rue. La policière ne viendra pas, songe-t-elle à regret, souhaitant inconsciemment être forcée de tout révéler. Ne pas avoir à prendre la décision.

— J'arrive, répond-elle, résignée, à sa mère.

Sara quitte son poste d'observation et se rend à la cuisine.

— Ça fait combien de fois que je te demande de t'éloigner de ces satanés rideaux? lance sa mère, furieuse.

Sara ne dit mot. Elle sait que sa mère ne lui pose pas véritablement la question.

— Rachel, dit Joseph Thomas pour calmer sa femme. Qu'est-ce que ça peut bien faire?

Rachel lui jette un regard empoisonné.

— Sara, il vaudrait mieux écouter ta mère, dit-il enfin.

— Je vais aller dans ma chambre, murmure Sara.

— Et tu ferais bien de prier pour que Dieu te pardonne, dit Rachel. Tu as sûrement commis un acte mauvais pour attirer tout ce cirque...

Sara s'éloigne dans le corridor, la tête baissée.

— Je ne comprends pas, commence Joseph, une fois Sara dans sa chambre, pourquoi cette policière s'intéresse tant à notre fille... Tu as une idée, toi?

Rachel hésite.

— Sara n'a jamais été une enfant difficile. C'est à peine si on remarque sa présence la moitié du temps...

— Mais? insiste Joseph, gagné par l'inquiétude.

— Mais depuis un bout de temps, on dirait qu'elle se rebelle.

Joseph la dévisage.

— Tu n'as pas remarqué? Elle ne veut plus nous suivre nulle part. Et maintenant que j'y pense... C'est comme si elle avait un secret.

— Un secret? répète Joseph, étonné.

Rachel soupire.

— Cette enfant a fait quelque chose de mal. De très mal. Tôt ou tard, elle devra faire pénitence.

Rachel se signe.

— Dieu ait pitié d'elle!

Sara Thomas, qui, cachée derrière la porte entrouverte de sa chambre, a tout entendu, réprime un sanglot, les yeux ronds de terreur. Elle ne sait plus vers qui ou vers quoi se tourner. Elle craint sa famille et son Dieu autant qu'elle craint le meurtrier qui rôde. Dans sa petite tête impressionnable d'enfant de treize ans, élevée en marge du monde, elle ne parvient pas à comprendre que son péché est ridicule. Pardonnable. Elle le croit gros. Hideux. Monstrueux. Autrement, pourquoi aurait-elle été témoin de toute cette horreur? Si son Dieu ne la croyait pas coupable, pourquoi l'avait-il abandonnée au moment elle avait tant eu besoin de lui?

La petite a beau retourner la question dans sa tête, elle n'entrevoit pas de fin heureuse à sa situation. Soit elle avoue tout et paie le prix de sa rédemption. Soit elle s'enfuit, abandonnant sa famille et son Dieu, seule dans le monde, à la merci du mal qui rôde.

Un fardeau inimaginable pour la si naïve et fragile Sara Thomas.

49

Quand il l'avait vue apparaître à la fenêtre de sa maison, fouillant la rue des yeux, le regard affolé, il n'avait plus eu de doute sur le bien-fondé de son expédition. Depuis la parution des articles de journaux sur l'existence possible d'une secte dans les Cantons-de-l'Est, les projecteurs dirigés en permanence sur Sara Thomas avaient fait germer un doute en lui. Et s'il n'avait pas halluciné la nuit des meurtres, et qu'il avait bel et bien vu quelqu'un s'enfuir dans le brouillard? Il ne pouvait laisser cette question en suspens. Malgré le danger.

Posté devant la maison, affublé d'un déguisement de fortune pour ne pas être repéré, il n'a maintenant plus à se poser la question de savoir si Sara a été témoin de son geste, il doit plutôt décider quel sort lui réserver. Sa «conscience», il le sait, n'approuvera pas sa décision. Elle cherchera à le raisonner. C'est pourquoi il doit agir vite. Et ne pas lui laisser le temps d'intervenir. Comme la dernière fois.

Du coin de l'œil, il prend subitement conscience d'un mouvement à droite de la maison. Délaissant son poste d'observation, il se glisse vers l'objet de son attention, évitant avec soin de se faire remarquer par les reporters. Sa curiosité est récompensée. Sara Thomas, un baluchon de fortune à la main, finit d'enjamber le rebord d'une fenêtre et s'apprête à fuir la maison, en douce.

Sa jubilation est telle qu'il crierait presque.

Il se met alors à la suivre, discrètement. Elle marche à petits pas rapides. Une main crispée sur son sac, l'autre, les doigts repliés. Même à cette distance, il aperçoit ses jointures blanches à force de trop serrer le poing. Elle a peur, songe-t-il. Elle sait que je rôde. Que je suis un danger pour elle. Parce qu'elle a été témoin de mon geste.

Son geste...

Comme une flambée, la colère le submerge, et son agitation lui fait presque oublier la prudence. Il est maintenant si près de Sara qu'il l'entend psalmodier des mea-culpa en marchant. Promettant de ne plus jamais désobéir, ne plus jamais mentir, ne plus jamais manger de bonbons... Tentant, par tous les moyens, de négocier un pardon.

Un rictus de haine se dessine sur le visage de l'homme.

Puis l'ironie de la situation lui saute aux yeux. Sara Thomas a beau prier, ce ne sont pas ses prières que Dieu exaucera, mais les siennes...

50

Todd et Kate s'étaient précipités au poste de Beauce-Mégantic pour discuter stratégie. S'ils voulaient avoir l'accord de Trudel pour procéder à un interrogatoire en règle de Sara Thomas, ils devaient accorder leurs violons.

— Je ne croyais pas que vous auriez l'audace de vous montrer ici? lance le sergent Gilbert à Kate en la voyant pénétrer dans le poste.

— Pardon?

— Ne faites pas l'innocente.

Kate regarde Todd. Elle ne comprend vraiment pas de quoi il s'agit.

— Est-ce qu'il y a un problème? intervient Todd avant que Kate ne retrouve sa verve habituelle.

— Si vous méritiez votre titre d'enquêteur, sergent McDougall, vous auriez contrôlé la situation, et la population de Saint-Simon-de-Tring ne serait pas apparue dans les journaux comme «une bande d'illuminés dangereux». Mais que voulez-vous? Peut-on s'attendre à autre chose d'une femme enquêteur...

— Êtes-vous tous aussi bornés? éclate Kate. Ou bien vous et votre capitaine faites un effort spécial chaque fois que je viens? J'imagine que la prochaine ineptie que vous allez proférer, c'est que ma place est à la maison?

— Pourquoi pas? répond Gilbert, avant de leur tourner le dos et de s'éloigner dans le corridor.

Kate est sidérée.

— Est-ce qu'on est entrés dans une machine à voyager dans le temps sans s'en rendre compte? demande-t-elle à Todd, visiblement aussi étonné qu'elle.

— *It's funny…*, remarque Todd en pénétrant, à la suite de Kate, dans le réduit qui leur sert de bureau. Jolicœur a formulé quelque chose de semblable l'autre jour… Il a dit que depuis le début de l'enquête, il avait l'impression d'être en 1950.

Kate s'écrase sur une chaise.

— Sûrement parce qu'on a droit aux mêmes clichés qu'à l'époque. Quand la religion catholique dominait le Québec.

Après avoir réfléchi à leur argumentation et fait quelques tentatives infructueuses pour rejoindre Trudel, ils avaient enfin réussi, près de trois heures plus tard, à l'avoir au bout du fil. Kate avait choisi l'option «mains libres» sur le téléphone, afin que Todd puisse participer à la conversation.

— Je sais qu'on n'a aucune preuve de ce qu'on avance…, avoue Kate à Trudel. Mais peut-on négliger la possibilité que cette enfant soit en danger?

Kate et Todd peuvent entendre Trudel pianoter sur son bureau.

— Vous me mettez dans une situation impossible…

— C'est pour cette raison qu'on t'a appelé avant d'agir…, précise Kate, irritée. Pour ne pas te mettre dans une situation impossible. Avoir su…

Trudel prend encore quelques secondes.

— Bon..., dit-il finalement. Est-ce que ça vaut la peine de vous dire que je compte sur votre discrétion ?

Même s'ils avaient voulu rester discrets, ils n'auraient pas pu. Parce que, avant même qu'ils ne quittent le poste de Beauce-Mégantic, ils apprenaient que Sara Thomas avait été retrouvée morte... sur le site de la croix de chemin.

51

Kate n'avait pas dit un mot en apprenant la nouvelle. Elle avait simplement fait signe à Todd de la suivre, et ils avaient pris la route en direction de la maison des Thomas. Dans la voiture, encore là, aucune parole n'avait été échangée. L'annonce de la mort de Sara Thomas pesait sur les enquêteurs comme une chape de béton.

En arrivant sur la scène, Kate et Todd avaient traversé en vitesse le ruban de sécurité et s'étaient dirigés tout droit sur le site de la croix. Peut-être croyaient-ils en vain à une erreur. Que la petite serait toujours vivante...

Le corps de Sara Thomas, affalé contre le trou laissé par le retrait de la croix, leur enleva toute illusion. Quelqu'un avait bel et bien tué la jeune fille. On l'avait égorgée.

— Kate...

Kate se retourne en direction de la voix. C'est Branchini.

— Sylvio...

Branchini lui presse affectueusement le bras. Il connaît les ténèbres dans lesquelles la vue d'un enfant mort projette Kate.

— Ça va aller, dit Kate pour le rassurer. Tu as déjà examiné la victime?

La victime… Kate a volontairement utilisé ce terme, cherchant à dépersonnaliser Sara pour ne pas donner libre cours au hurlement qui lui emplit la gorge.

D'un geste, Branchini demande à Roger-le-petit-parfait de lui apporter ses notes.

— La température du corps nous indique que le crime a eu lieu il y a moins d'une heure, dit Branchini en consultant son carnet. Pas besoin d'être devin pour remarquer que la blessure au cou est la cause du décès. Cependant…

Branchini fait signe à Kate de se pencher au-dessus de la victime.

— Tu ne le croiras pas, continue-t-il en tournant légèrement la tête de la jeune fille pour lui montrer l'endroit où s'arrête la coupure. Le couteau est encore dans la plaie…

Kate le fixe, les yeux ronds.

— Et observe bien sa main droite…

Le regard de Kate quitte le couteau et se pose sur la main de Sara. Elle est pleine de sang.

— Qu'est-ce que ça veut dire? interroge Kate, qui refuse de croire ce qu'elle voit.

— Qu'elle s'est apparemment tranché la gorge elle-même, répond Branchini. Aussi incroyable que cela puisse paraître…

Les yeux de Kate glissent vers l'autre main.

— On dirait qu'elle a quelque chose entre ses doigts, remarque-t-elle, intriguée par le poing serré.

— La rigidité cadavérique ne s'est pas encore installée, dit Branchini en se penchant. Ça devrait être facile de vérifier.

Délicatement, Sylvio entreprend de déplier les doigts de l'enfant.

— Tu as raison, dit-il tout en travaillant. Il y a un bout de papier.

Kate se déplace sur sa gauche pour voir le papier en question. Alors que Branchini déplie la dernière phalange, elle l'aperçoit. Écrasé dans la paume de Sara. Un ange. Un ange de papier blanc.

C'en est trop pour Kate. Elle se précipite à l'écart et vomit son âme dans le fossé.

52

— Essayez de vous rappeler..., demande doucement Todd à Rachel Thomas.

Kate interrompt son observation de la femme et examine le décor. La maison est remplie de symboles religieux. Icônes, croix, objets de piété, Bible... L'atmosphère est étouffante. Subjuguante. On dirait une prison de religiosité, songe Kate, en laissant son regard dériver sur Joseph Thomas.

Prostré dans un fauteuil du salon, l'homme a l'air de quelqu'un victime d'une hallucination. Ses yeux, grands ouverts sur le vide, sont le miroir de sa terreur interne. Kate reconnaît ces yeux. Elle les a déjà eus.

Kate observe de nouveau Rachel Thomas. Tout le contraire de son mari. Concentrée, la mâchoire crispée. La majorité des femmes se morfondraient à l'heure actuelle, pense Kate. Pas elle. Rachel Thomas fait face à l'attaque. Comme un soldat. Un chant religieux remonte aussitôt à la mémoire du sergent.

«En avant, marchons... en avant, marchons... soldats du Christ à l'avant-ga-ar-de...»

— Tout ce dont vous pouvez vous souvenir... le moindre petit détail pourrait nous être utile, dit Todd à la femme.

— C'est comme je vous le répète. J'ai insisté pour que Sara s'éloigne des rideaux, alors elle est allée se réfugier dans sa chambre.

— Et?

— J'ai compris qu'il y avait un problème quand je l'ai appelée pour souper et qu'elle ne s'est pas présentée à table. Elle ne ferait jamais ça. Ne pas se présenter à table... quand on l'appelle... Sara est une bonne fille.

— Bien sûr..., la rassure Todd.

— Je me suis rendue dans sa chambre... Sara n'était plus là. Et sa fenêtre était ouverte.

— Avez-vous remarqué autre chose?

Le visage de la femme frémit.

— Elle avait nettoyé sa chambre. À part la porte de sa garde-robe qui n'était pas fermée, commence-t-elle en réprimant avec difficulté les sanglots qui lui montent alors à la gorge, tout était parfaitement rangé.

Todd hoche la tête et regarde Kate.

— Vous croyez qu'une amie aurait pu l'entraîner? suggère Kate.

— Sara n'a pas d'amis. C'est une solitaire. Elle a toujours été ainsi. Et elle ne quitterait jamais la maison sans nous avertir.

Kate fronce les sourcils.

— Il y a quelque chose que je ne comprends pas, reprend Kate. Vous dites que votre fille n'a jamais eu d'amis, pourtant il paraît qu'elle était très proche de Savanah Boudreault, la fille du pasteur.

L'étonnement qu'elle lit dans le regard de Rachel Thomas ne laisse aucun doute. La mère n'était pas au courant.

— Mais la fille du pasteur est une adulte, dit-elle, croyant à grand-peine la chose possible. L'amitié entre une adolescente et une adulte.

— Cela nous a aussi étonnés, avoue Kate.

— Écoutez, je ne sais pas ce qui se passe ici... Pourquoi vous avez voulu interroger ma fille? Pourquoi ma fille avait peur? Pourquoi...

— Vous avez remarqué que votre fille avait peur? la coupe Kate.

Rachel Thomas se tourne vers son mari, qui n'a pas dit un mot depuis l'arrivée de la police. Kate se demande pourquoi elle s'en remet à lui.

— Vous savez quelque chose, monsieur Thomas? questionne-t-elle.

L'homme l'observe un moment avant de répondre.

— Je vais être franc avec vous. Notre petite communauté n'aime pas tellement les étrangers.

Non, vraiment? ironise Kate dans sa tête.

— Ils apportent le trouble. Ils nous jugent sans nous connaître, corrompent nos jeunes et sèment le doute. Ils sont comme un vent de malheur. Le mal a envahi notre village, sergent, et Dieu nous a abandonnés.

— Vous n'avez pas répondu à ma question, insiste Kate.

L'homme la fixe durement.

— Au contraire. Je viens de vous répondre.

— Ne désirez-vous pas savoir comment ou pourquoi votre Sara est morte?

Comme un ange, le silence passe. Puis, c'est Rachel Thomas qui parle.

— On ne peut plus rien pour Sara. Nous allons la pleurer et prier. Le reste appartient à Dieu.

Dommage qu'on ne puisse pas l'interroger, songe Kate avec sarcasme.

53

— Je n'ai pas le choix, Paul..., dit le capitaine Julien, aussitôt ce dernier entré dans son bureau. Le ministre Vallée me pousse à agir.

Trudel jure intérieurement.

— Je m'en doute, dit-il en s'assoyant sur la chaise du visiteur en face de Julien.

Les deux hommes se jaugent un instant, puis Julien attaque.

— L'avis de recherche au nom de la fille du pasteur, les victimes de la croix...

Paul soupire lourdement.

— Les journalistes vont faire des liens...

— Accouche, dit Trudel.

Julien le fixe, l'air inquiet.

— Cette histoire de secte... Elle mène où?

Trudel grimace. En partie à cause de la migraine qui arrive, et en partie parce qu'il n'a aucune réponse à lui fournir.

— Mes hommes n'ont pas fini leur enquête sur l'inconnue du fossé, répond-il, et ils ne font que commencer celle de Sara Thomas... Que veux-tu que je te dise? L'inconnue a été crucifiée sur une croix de chemin et Sara Thomas s'est vraisemblablement égorgée au même endroit. Tout ce dont je puis être sûr, pour l'instant, c'est qu'il est normal qu'ils s'intéressent à un groupe religieux.

— Laisse-moi être plus clair... Quelle est leur hypothèse de départ?

— Je ne suis pas mes hommes à la trace...

— Le ministre Vallée pense que tu cherches à le discréditer, l'arrête Julien.

Trudel a un geste d'impatience.

— Il est paranoïaque, ou quoi? Comment notre enquête peut-elle le discréditer?

— Si les médias établissent un lien entre la mort de sa femme et cette soi-disant Église des pénitents...

— Évelyne Vallée s'est trouvée à la mauvaise place au mauvais moment, s'insurge Trudel. Je croyais avoir été clair là-dessus. Vallée devrait être ravi. Si les médias découvrent qu'elle est l'innocente victime d'une secte, ils vont en faire une sainte!

— Et s'ils n'empruntent pas cette direction? S'ils insinuent qu'Évelyne Vallée était membre de la secte? Qu'est-ce qui nous garantit qu'ils ne remonteront pas la chaîne de leurs suppositions jusqu'au ministre lui-même?

Trudel fixe Julien, puis, sans crier gare, explose.

— À quoi on joue, ici? À un simulacre de justice?

Julien ne sait quoi répondre. En partie, parce qu'il est d'accord avec Trudel.

— Je ne vous dis pas comment gérer votre boutique, ne venez pas me dire comment faire. Ni toi. Ni Vallée. L'équipe affectée à l'affaire est probablement la plus compétente du service. Si, pour quelque raison que ce soit, elle juge bon d'enquêter sur l'Église des pénitents, je suis d'accord à cent pour cent. Maintenant, j'ai assez perdu de temps. Je te fais parvenir un rapport dès que mes enquêteurs auront terminé.

— Tu joues avec le feu...

— Oui, je sais..., l'interrompt Trudel en se levant, et quand on joue avec le feu, on se brûle, termine-t-il en quittant la pièce.

Et voilà comment on sabre sa propre carrière, songe Trudel en se massant le front à deux mains, tellement la migraine le frappe à présent de plein fouet.

54

C'est de ma faute, sanglote Kate, écrasée sur le divan de son chalet, une bouteille de Bleue à la main, totalement abandonnée à son envie de houblon. J'ai vu la peur dans les yeux de cette enfant, et je n'ai rien fait. Cette litanie, elle ne cesse de se la répéter depuis qu'elle a quitté la maison des Thomas. Une litanie qui remonte près de trente ans en arrière. Alors qu'elle avait vu la peur dans les yeux de son frère et qu'elle n'avait rien fait...

Clic. Clic.

Kate ouvre soudain les yeux et émerge des profondeurs abyssales où elle a fini par sombrer, ivre d'alcool et de douleur.

Clic. Clic.

Kate est sur le qui-vive. Elle se rend compte que la nuit est tombée et que quelqu'un tente de pénétrer dans son chalet. Presque sans bouger, elle allonge le bras et agrippe son Glock, coincé entre les coussins du divan. Elle attend quelques secondes, le temps de retrouver tout à fait ses esprits, puis saute sur ses pieds, son arme pointée en direction de la porte.

— Ne bougez pas! crie-t-elle. Je suis armée.

— Kate!

— J'ai dit…, recommence-t-elle, puis s'arrête. Paul? C'est toi, Paul?

— Oui, c'est moi. Ouvre!

Le Glock toujours en direction de la porte, Kate allume la lumière de la galerie pour s'assurer que c'est bien lui.

— C'est vraiment moi. Ouvre!

Kate range son Glock et va ouvrir.

— Tu m'as fait peur.

— Tu as changé ta serrure? dit Paul, sa clé désuète à la main.

Kate acquiesce de la tête.

— Qu'est-ce que tu fais ici en pleine nuit?

— Je peux entrer? demande-t-il.

Kate le laisse passer et ferme la porte derrière lui.

— Tu n'as pas répondu à ma question.

— Je m'inquiétais.

Kate soupire et se passe la main dans les cheveux, prenant alors conscience qu'elle a un formidable mal de crâne.

— Ouch!

— La bière était bonne? questionne Trudel qui n'a pas besoin d'être un devin pour comprendre.

— Et abondante…, ajoute Kate en allant à l'évier de la cuisine s'asperger le visage d'eau froide.

Paul la regarde ainsi penchée. Même dans cet état, elle est séduisante, pense-t-il à regret.

— Tu aurais pu téléphoner…

— Écoute tes messages.

Kate se souvient, elle a débranché le téléphone. Quant à son cellulaire, la batterie est à plat, comme d'habitude.

— Tu es satisfait à présent?

Trudel s'affale sur le divan.

— Parle-moi…

Kate est prise de court par toute la tendresse qu'elle sent dans la voix de Paul.

— Viens ici..., dit-il, en tapotant la place à côté de lui. Viens...

Comme un zombie, Kate va se lover aux côtés de Paul. Il ne fait aucune tentative pour l'entourer de ses bras. Il la laisse juste reposer contre son flanc.

Dans le silence le plus total, les secondes et les minutes s'écoulent.

Puis Kate éclate en sanglots.

— Tu ne l'as pas vue..., hoquette-t-elle. Elle avait un ange de papier serré fort dans son poing. Comme une prière pour qu'on lui vienne en aide...

— Personne ne pouvait répondre à sa prière..., murmure Paul.

Des torrents de larmes inondent le visage de Kate.

Trudel sait qu'il ne peut alléger le fardeau de Kate. Elle pleure Sara, mais aussi son frère. Et tous les autres enfants qu'elle n'est pas parvenue ou ne parviendra jamais à secourir... Elle-même en premier.

55

— Le café est prêt...

Kate s'étire et ouvre un œil. Elle est couchée dans son lit. Elle regarde sous les couvertures. Nue. Elle lève la tête vers Paul, accoté contre le chambranle de la porte.

— Je ne me souviens de rien, s'inquiète-t-elle.

— Il ne s'est rien passé. Tu t'es endormie d'épuisement dans mes bras et je t'ai mise au lit. Viens, je t'ai préparé à déjeuner.

Kate s'étire encore. Et le désir monte. Fulgurant.

— Non, dit-elle, viens ici, toi...

Elle lui tend la main. Paul ne bouge pas. Kate peut lire sur son visage le combat qu'il livre. Mais elle voit aussi le désir dans ses yeux.

— Ça ne fera de mal à personne, chuchote-t-elle. Une toute petite fois...

Kate ouvre les draps et dévoile son corps. Invitant. Irradiant de désir. Paul grogne. Douce musique aux oreilles de Kate.

— Viens...

Il titube jusqu'au lit. Ivre d'indécision. Puis il s'arrête. Avant d'avoir commis l'irréparable.

— Julie...

— Elle n'en saura rien. Viens...

Kate lui prend doucement la main. L'onde de plaisir qui passe de son corps à celui de Paul est presque tangible. Kate gémit... et cela suffit pour que Paul s'effondre sur le lit. Vaincu.

Les draps sentent bon Kate. Paul se penche sur son corps et lape son ventre comme une bête assoiffée. Une torpeur lascive l'envahit, et il se coule contre Kate. Il va et vient contre elle, chaque mouvement éveillant son sexe davantage.

Kate tremble sous ses mouvements. La chaleur envahit son ventre comme une traînée de lave. Lente et brûlante. Sans hésiter, de la main, Kate s'empare du sexe de Paul. Elle le caresse, l'agrippe, le pompe. Elle veut l'entendre grogner. Lui faire oublier Julie...

Et elle réussit. En cet instant, Paul vendrait sa mère tellement son désir de Kate est intense.

Kate ne s'arrête pas. Elle le renverse brutalement sur le dos et le prend dans sa bouche. Goulûment. Férocement. Insatiable dans son désir de le corrompre.

Paul grogne et gémit. Pousse le bassin. Se tortille sous sa bouche experte. Incapable de retenir son désir.

— Arrête...

Mais Kate ne veut rien entendre. Elle le prend complètement, entièrement... jusqu'à la lie.

56

La journée est éblouissante. Une mince couche d'eau recouvre le lac qui dégèle petit à petit. Paul et Kate, assis au bout du quai, se mirent dans l'eau chatoyante. Kate y a entraîné Paul après l'amour. Pour quitter la torpeur de la couche. Pour affronter le froid. La réalité...

Ils sont muets, perdus dans leurs pensées. Rien à voir avec le silence complice né du désir assouvi.

— Ce matin..., commence Paul, lié par les promesses faites à Julie pour la reconquérir.

Kate hausse les épaules. Elle ne veut pas avoir cette conversation, mais elle ne peut y échapper.

— Je ne te demande rien...

— Bien..., dit Paul les yeux rivés sur l'onde. Parce que je ne sais plus si j'ai quelque chose à t'offrir...

Kate encaisse le coup. Le silence s'éternise.

— Tu n'es pas responsable de la mort de Sara Thomas..., glisse Paul avec douceur après quelques minutes.

Kate grimace.

— Je savais, et je n'ai rien fait.

— Tu n'as rien fait, parce que c'est Julien qui dicte ma conduite... et la tienne par le fait même.

— Depuis quand est-ce que je laisse les autres dicter ma conduite? réplique-t-elle tristement.

Paul se tourne vers elle.

— Tu es plus transparente que tu ne le crois, Kate. Je sais que tu as cédé à mes pressions répétées... Je devrais te dire merci au fond, ajoute-t-il avec une pointe d'ironie.

Les yeux de Kate le fixent avec intensité.

— Pourquoi es-tu réellement venu chez moi?

Pris de court, Trudel bafouille.

— Parce que je m'inquiétais pour toi...

— Il y a une autre raison, le coupe Kate.

Baissant la garde, Trudel la dévisage.

— Je suis venu parce que j'ai une furieuse envie de démolir Julien, avoue Trudel, ayant enfin trouvé un exutoire à sa frustration des derniers jours.

— *Join the club...*, dit simplement Kate, sachant bien qu'elle est en partie responsable de la situation dans laquelle Trudel se démène.

Trudel arrache une écharde gelée du quai. Perplexe, Kate ne comprend pas où Paul veut en venir.

— Qu'est-ce que tu veux de moi?

Paul s'accroche à ses yeux.

— J'ai besoin de toi pour me pousser à faire la bonne chose.

— La bonne chose? répète Kate, étonnée.

— Oui. Réduire Julien et ses semblables en pièces sans abandonner l'inconnue de la croix et Sara Thomas à leur sort.

Voilà une réponse à laquelle Kate ne s'attendait pas.

1ᵉʳ septembre 2003

La petite Zoé Chouinard n'avait jamais vu de rodéo, alors en pénétrant sur le site des Festivités westerns de Saint-Victour, son excitation grimpa au zénith. Sa mère, qui regrettait déjà l'aventure, rêvait secrètement de l'époque où on pouvait encore mettre un attelage à un enfant sans être dénoncé à la DPJ[10]. Mais tel n'était plus le cas, et il était actuellement plus difficile pour elle d'agripper la petite, qui courait de tous bords tous côtés, que d'attraper un poisson dans l'eau. La journée allait être un enfer.

Après quelques heures passées dans un chaos indescriptible, en se faufilant parmi les mères épuisées et les enfants encore frais comme des roses qui faisaient la queue pour prendre place sur la grande roue, Hélène s'était félicitée d'avoir réussi à convaincre sa fille de choisir ce manège. Ses jambes la faisaient terriblement souffrir depuis l'opération, et elle avait besoin d'un endroit pour s'asseoir, aussi inconfortable soit-il. Quelle idée j'ai eue de me faire enlever cette veine? songea Hélène en se pliant avec peine pour s'asseoir dans la grande roue.

L'idée, bien sûr, lui était venue parce que son mari ne la touchait plus depuis des mois. Répugné, croyait-elle, par son corps vieillissant.

---

10. Direction de protection de la jeunesse.

— Maman..., se lamenta Zoé. Tu ne m'écoutes pas.

— Je t'écoute, chérie. Mais la réponse est la même... Non. Tu as assez mangé de friandises pour aujourd'hui. Après ce manège, nous allons rentrer à la maison. Tiens, dit-elle, en pointant des bouffons au sol, regarde comme ils font de jolies pirouettes...

Par bonheur, les pitreries avaient eu l'effet désiré et Hélène avait pu retourner à ses réflexions sordides sur son mariage.

Quand avait-elle vu pour la première fois le dégoût dans les yeux de son mari? Après l'accouchement? Non, avant... Pendant sa grossesse.

Elle se souvenait d'avoir surpris son regard écœuré alors qu'elle était enceinte de huit mois et qu'elle tentait maladroitement d'enfiler sa chemise de nuit. Sur le coup, elle avait juste cru qu'il commentait des yeux sa maladresse. Maintenant, elle comprenait que c'est son corps de baleine qui l'avait dégoûté.

Pauvre Hélène...

Son corps n'avait rien à voir avec le dégoût qu'elle avait lu dans les yeux de son mari. Il avait été lui-même l'objet de son dégoût. Car même avec l'enfant à venir, il n'arrivait pas à mettre fin à ses aventures extra-conjugales. Au contraire. Il ne parvenait plus à faire taire ce démon qui le poussait à séduire toutes les femmes qu'il rencontrait. Une véritable compulsion. Et plus il se vautrait dans la luxure, plus le besoin grandissait. Au point où même la fille du pasteur était devenue l'objet de sa convoitise.

— Ah, merci, maman. Merci! s'exclama la petite en mangeant des yeux toutes les vues qui s'offraient à elle du haut de la grande roue. Je t'aime!

— Moi aussi, mon bijou. Moi aussi, répondit Hélène distraitement.

À croire que les hommes ne vieillissent pas, avait continué de réfléchir Hélène, imperméable au paysage. Il ne s'est pas vu, lui, avec son beigne autour de la taille et sa peau qui épaissit. Bientôt, il aura l'air du bonhomme Michelin!

— Maman! Regarde... C'est papa!

— Oui, oui, ma chérie...

— Maman, regarde! Il embrasse le clown!

La petite Zoé avait enfin réussi à attirer l'attention de sa mère.

Hélène n'en croyait pas ses yeux. C'était bien son mari en bas dans la foule. Embrassant une jeune femme déguisée en bouffon.

Il n'y a pas de hasard, dit-on, car au même instant, son mari avait levé les yeux dans sa direction et l'avait vue en haut de la grande roue, accompagnée de sa fille.

Dès lors, il comprit que le moment de choisir entre l'enfer et la rédemption était arrivé.

Et le soir même, sa voiture traversait le garde-fou du pont et s'enfonçait dans la rivière.

57

Assise à la table de réunion de la salle de conférence, Kate se dit, en regardant Paul avaler ses comprimés contre la migraine, que les rôles, pour une fois, sont inversés. C'est Trudel aujourd'hui qui part en croisade.

Elle sait que la testostérone a pris le contrôle de son jugement. Julien lui a mis une telle pression sur les épaules qu'il n'a plus qu'une envie : le démolir. Et comme ils n'ont plus douze ans, et qu'il ne peut lui demander de le rejoindre dans la cour d'école pour une bagarre en bonne et due forme, il va l'affronter sur son terrain d'adulte. L'affaire Thomas.

Trudel, qui joue dur quand il se décide à jouer, a rapatrié ses troupes. Les sergents Labonté et Jolicœur sont de nouveau dans le coup. Kate observe ses deux collègues, puis son regard dérive vers Todd. Les Quatre Cavaliers de l'Apocalypse, songe-t-elle.

— Je veux toutes vos hypothèses, même les plus farfelues, dit Trudel en jetant un coup d'œil oblique à Kate, sur les affaires de l'inconnue de la croix et Sara Thomas. Nous n'avons pas une minute à perdre, ajoute-t-il, conscient que ses jours à la SQ sont peut-être comptés.

— Ce matin, j'ai repris les dossiers des morts suspectes, et j'ai trouvé trois autres liens avec Savanah Boudreault, laisse tomber Todd platement.

— Et tu comptais nous le dire quand? ironise Kate, surprise.

— Maintenant, réplique Todd avec un sourire. À part l'affaire du père Noël, où il s'agit de son père biologique, et l'affaire de la Saint-Valentin, où son amoureux d'enfance s'est donné la mort, on peut ajouter la suicidée de l'érablière, qui était une copine de classe, et dans l'affaire de la noyée du bain, son mari, Adélard Fecteau, était l'oncle de Savanah. Par ailleurs, dans l'affaire Chouinard, il s'agissait du médecin du village...

— Et vous en déduisez? demande Trudel à la ronde.

— Qu'il est dangereux d'être dans l'entourage de Savanah, répond Todd aussitôt.

Trudel réfléchit.

— Vos dossiers... Ce sont tous des suicides...

— Comme Sara Thomas, le coupe Kate. Mais un suicide par égorgement... Tu trouves ça normal?

Trudel, qui arpentait la pièce, s'arrête.

— L'avis de recherche au nom de Savanah Boudreault...

— Aucun résultat, affirme Todd.

— Attendez un peu..., réfléchit Kate. Si elle est en voyage aux États-Unis, comme le prétend le pasteur... Elle aurait dû apparaître dans le système. Du moins, son passage aux douanes aurait dû...

Ils la dévisagent tous.

— Tu penses que Savanah est notre inconnue, dit Trudel qui suit son raisonnement.

— Je crois qu'il faut se poser deux questions. Savanah Boudreault est-elle responsable de tous ces meurtres ou est-elle, elle-même, une des victimes d'une série de meurtres?

— Perpétrés par qui? questionne Jolicœur.

Calée dans son fauteuil, Kate se concentre sur la question de Jolicœur et les cinq dossiers. Puis l'image du pasteur refait surface.

— Vous vous souvenez de notre conversation sur les M.O. des meurtres de Vallée et de l'inconnue?

Todd l'interroge du regard.

— On parlait d'indifférence dans le cas de Vallée, et de passion dans le cas de l'inconnue. Passion..., murmure Kate.

Ils regardent tous Kate, sans comprendre.

— Et si le pasteur avait voulu réduire l'entourage de Savanah à zéro? demande-t-elle soudain à ses collègues.

— Pourquoi? s'enquiert Jolicœur.

— Inceste psychologique...

Le mot était lancé.

— J'ai de la difficulté à imaginer..., dit Labonté sans finir.

— Pensez-y... Selon le garagiste, Savanah Boudreault, à part ses activités de cantor, n'avait aucune vie sociale. Elle ne sortait jamais seule. Elle était toujours accompagnée du pasteur. Un ermite... Une illuminée... Et on pourrait continuer ainsi longtemps. Elle était complètement subjuguée par l'homme, par sa parole. Et on ne parle pas d'une enfant. On parle d'une femme de vingt-cinq ans!

— Admettons que la théorie de l'inceste psycho-logique est juste, dit Labonté pour couper court à la démonstration.

— Dans ce cas, le pasteur avait une motivation pour faire disparaître toutes les personnes liées à Savanah. Y compris Sara Thomas.

— L'isoler pour mieux la contrôler, ajoute Todd qui saisit enfin où Kate veut en venir.

— Tout cela est plausible, dit Trudel, mais ne repose sur aucun fait. Nous n'avons aucune preuve que les suicides sont des meurtres, aucune preuve qu'il y avait inceste psychologique, aucune preuve surtout que Savanah Boudreault est notre inconnue de la croix.

— Je suppose qu'il est inutile de penser obtenir un mandat de perquisition pour fouiller la résidence du temple? lance Todd. Si on pouvait au moins mettre la main sur un échantillon de l'ADN de Savanah Boudreault... On pourrait déterminer une fois pour toutes s'il s'agit de l'inconnue de la croix.

— Et si on jouait les innocents? propose Labonté.

Tous les regards se tournent vers lui.

— Si on se présentait au temple, l'âme en peine, et qu'on demandait gentiment au pasteur de fouiller la chambre de sa fille à la recherche d'un échantillon de sa signature génétique, parce qu'on «craint» qu'elle ne soit notre victime inconnue?

— Ça nous permettrait de voir sa réaction, réfléchit Jolicœur à voix haute.

— Oui, mais s'il est coupable comme vous le présumez, continue Trudel, il aura sans doute déjà vidé la chambre de Savanah de toute trace, ou il refusera tout simplement qu'on la fouille. Dans les deux cas, nous serons de retour à la case zéro. Et nous aurons, en prime, averti notre suspect que nous le tenons à l'œil.

— Le cadeau! s'exclame Kate, qui réfléchissait pendant tout ce temps. Il faut retrouver le cadeau qu'elle a donné à Sara Thomas!

— Même si on y trouvait des empreintes, dit Jolicœur, tu oublies qu'on n'a pas de point de comparaison. L'inconnue n'a plus d'empreintes...

— D'accord. Mais on ne connaît pas le genre de cadeau qu'elle a reçu... On pourrait peut-être y trouver des poils, des microfibres... Peut-être même des cellules épithéliales !

— Kate, dit Jolicœur en agrippant son manteau, si Branchini n'était pas vivant, je croirais que tu es sa réincarnation.

— Jaloux ! dit Kate en l'imitant et en entraînant les autres à sa suite.

58

Rachel Thomas ne s'était pas prêtée de bonne foi à la recherche du cadeau. D'abord parce qu'elle ne croyait toujours pas à cette histoire d'amitié entre Sara et la fille du pasteur, et ensuite parce qu'elle ne voyait pas ce que cela changerait à la mort de sa fille. Elle était morte selon la volonté de Dieu, un point, c'est tout.

Kate aurait voulu lui arracher les cheveux.

Elle avait cependant résisté à son envie et, avec un tact dont elle se croyait incapable, avait réussi à amadouer la femme, jusqu'à lui soutirer la permission de fouiller non seulement la chambre de Sara, mais la maison au grand complet.

Inutilement.

Ils avaient tout viré sens dessus dessous, en vain. À présent, ils devaient tout remettre... exactement à sa place. Une des conditions de Rachel Thomas.

— Si ça se trouve, dit Labonté à Kate, on a le cadeau sous les yeux et on ne peut pas l'identifier comme tel.

— Et ça nous avance à quoi? répond Kate, sèchement.

Ses collègues la regardent.

— Kate, se risque Todd, *what's the matter*?

— Le problème, éclate Kate, c'est que nous n'avons toujours rien de concret sur quoi fonder nos hypothèses. Rien !

Le silence qui suit est éloquent.

— Merci, madame Thomas, dit Kate à Rachel. On s'excuse de vous avoir dérangée.

D'un bon pas, le sergent se dirige vers la porte que Rachel Thomas, trop contente de les voir partir, tient grande ouverte. Et c'est là que Kate comprend.

À toute vitesse, elle fait demi-tour et se précipite dans la chambre de Sara.

— Ça suffit ! crie Mme Thomas, déterminée, cette fois, à les chasser de chez elle. Je vous interdis de...

Mais Kate ne l'écoute pas. Elle ouvre la porte de la garde-robe.

— Mais on l'a déjà fouillée, dit Todd qui ne comprend pas ce qui lui prend.

— Qu'avez-vous vu en entrant dans la chambre de votre fille le soir de sa disparition ? demande Kate à Rachel Thomas, tout en continuant de fouiller le placard.

— Je n'ai pas l'intention...

— Répondez ! la somme Kate, faisant preuve de toute l'autorité dont elle est capable.

— J'ai vu la fenêtre ouverte.

— Et ?

La femme fronce les sourcils, puis se souvient.

— La chambre était parfaitement rangée... et la porte de la garde-robe était ouverte, se souvient-elle enfin.

— Bingo !

Tous la dévisagent, sans comprendre.

— Elle a pris la peine de nettoyer sa chambre avant de partir. Tout est propre, à sa place. « Parfaitement rangé », ajoute-t-elle en reprenant les paroles de Rachel

Thomas. Pourquoi, alors, avoir laissé la porte de la garde-robe ouverte?

Sans attendre de réponse, Kate se remet à tapoter les vêtements suspendus, à cogner sur les planches du plancher, à glisser sa main sur les murs... Puis elle trouve. Après quelques efforts, elle retire un carnet de derrière la plinthe du fond et l'exhibe fièrement.

— Mais qu'est-ce que..., commence Rachel Thomas sans finir.

Kate ouvre le carnet et lit l'inscription sur le frontispice.

«Ceci est le journal de Savanah Boudreault.»

59

Rien ne pouvait les préparer à ce qu'ils liraient dans le journal de Savanah Boudreault. Aux textes enflammés de son enfance trouble se succédaient des écrits frôlant le fanatisme...

«Je suis la Promise, l'Élue... Ma pureté sauvera le monde, ma foi guérira le mal, je serai la rédemption de tous les pénitents...»

— Jésus-Christ! lance Jolicœur en entendant Todd lire cet extrait. C'est le pasteur qui lui a mis ça dans la tête?

Todd revient au début du journal et trouve le passage qu'il cherche.

«Mon père m'a dit que le monde n'était pas encore prêt. Qu'il faudrait attendre encore plusieurs années avant de me montrer telle que je suis. Que nous devions protéger notre secret contre les Infidèles...»

— Elle avait quel âge à cette époque-là? demande Labonté.

— Treize ans, répond Todd, dégoûté, déposant le livre sur la table.

Labonté secoue la tête.

— Tu avais raison, Kate. Le salaud!

Kate s'empare du journal et le feuillette, le lisant en diagonale.

— Quel lavage de cerveau, commente Kate. Elle commence par être la Promise, puis elle devient subtilement «sa» Promise...

Kate continue de lire, puis, d'un tout autre ton et datée du mois de novembre, la dernière page retient son attention. C'est une lettre à Sara Thomas.

— Mon Dieu, murmure Kate, une fois la lecture achevée.

Les trois enquêteurs l'interrogent du regard.

— Savanah lui a donné le journal parce qu'elle voulait que Sara comprenne ce qu'elle avait compris.

— C'est-à-dire..., dit Jolicœur.

— Elle voulait la sauver, ajoute Kate avant d'entreprendre la lecture à voix haute d'un paragraphe.

«... À la mort de ma mère, dans ses papiers, je suis tombée sur la notice nécrologique de mon père biologique. C'est là que j'ai appris qu'il n'était pas mort à ma naissance, comme on me l'avait toujours dit, mais quatre ans plus tard. Quand j'ai demandé au pasteur pourquoi ni ma mère ni lui n'avaient jugé bon de me révéler la vérité... il s'est lancé dans un sermon sur la luxure. Malgré toute l'aide que le pasteur lui avait apportée, mon père n'avait pas su résister à ses démons. À son homosexualité. Il avait choisi le vice plutôt que la paternité. Le pasteur avait fait comprendre à ma mère qu'elle n'avait d'autre choix que de chasser son mari. C'était un impur. Il risquait de me corrompre. Moi, la Promise...»

— Jésus-Christ! lâche de nouveau Jolicœur. Le pasteur lui courait après avant même qu'elle ne devienne sa fille.

— On dirait qu'il a tout orchestré, ajoute Labonté.

— Les liens du sang…, prononce Todd en réfléchissant tout haut. Le pasteur aurait dû s'en méfier. Le choc de la nouvelle a ouvert une brèche dans la forteresse intérieure de Savanah… L'insensibilité du pasteur a fait le reste…

— Tu as raison, dit Kate. C'est à partir de là qu'elle s'est mise à questionner ses croyances. Écoutez…, poursuit-elle.

«[…] mon père s'est suicidé… (quelques mots illisibles)… a cru comme nous tous qu'il trouverait la rédemption dans la mort. Mais Sara… Dieu n'a pas abandonné son fils, pourquoi demanderait-il à un père d'abandonner sa fille? Jamais il ne le ferait. Jamais! Sara, un jour, tu comprendras ce que je comprends maintenant. Dieu est amour. Je le sais à présent avec certitude. Et la véritable rédemption ne se trouve que dans l'amour. C'est pourquoi je vous quitte. Je choisis l'amour…»

— C'est bizarre, dit Todd. On dirait un testament.

— Elle craignait pour sa vie, affirme Kate.

— Oui, bon… je ne voudrais pas casser le *party*, dit Jolicœur, mais le journal… il prouve seulement que le pasteur est un illuminé, qui a entraîné sa fille dans sa folie…

— Et quelques-uns de ses paroissiens, si je comprends bien, ajoute Todd.

— Exact, concède Jolicœur. Mais il n'y a pas de loi contre ça. On ne peut pas prouver que ce sont ses discours qui ont entraîné les suicides. Et on n'a toujours pas de preuve que Savanah Boudreault est l'inconnue de la croix.

— *He is right*, enchaîne Todd. On n'a pas trouvé de poils ou de cheveux dans le journal. Quant à tes fameuses cellules épithéliales… Je ne compterais pas sur elles. La surface est trop lisse, et le journal a beaucoup été manipulé…

— Peut-être, dit Kate, un sourire en coin. Mais nous avons mieux...

Kate lui tend le journal.

— Regarde à la fin. Le passage illisible...

— Le papier est cabossé. Comme si on avait fait tomber des gouttes d'eau..., dit Todd en passant son doigt sur la page du journal.

— Pas des gouttes d'eau..., le corrige Kate. Je mettrais ma main au feu que ce sont des larmes. Et qui dit larmes..., continue-t-elle, dit ADN.

60

Kate avait eu raison. C'étaient bien des larmes qui avaient coulé sur le journal. Des larmes ayant la même signature génétique que la victime de la croix. L'inconnue avait enfin un nom : Savanah Boudreault.

— Un ange, murmure Kate.

Sara Thomas est étendue sur le dos sur la table de métal. On lui a recouvert le corps d'un drap jusqu'au cou. Seuls sa tête et ses cheveux dépassent. Sa peau n'a jamais été aussi diaphane. Bleutée.

— Ça va ? questionne Sylvio en s'approchant de Kate, figée près du chariot.

Sylvio ne peut s'empêcher de remarquer la mâchoire crispée de Kate.

— Kate ?

Kate interrompt sa contemplation morbide et se tourne vers Sylvio.

— Je suis responsable, dit-elle, laconique.

Sylvio a un mouvement d'impatience.

— Kate, si Nico était ici, elle te dirait que l'univers n'est pas centré sur toi. Et elle aurait raison. Tu n'es pas la seule à influencer le monde !

— Tu ne vis pas dans ma tête, dit Kate.

— Dieu merci, réplique Sylvio pour alléger l'atmosphère. Ah! Vous voilà! continue-t-il, en voyant Labonté, Jolicœur et Todd pénétrer dans la salle d'autopsie.

Les enquêteurs saluent Branchini et s'approchent de la table.

— On est passés au laboratoire, explique Labonté à Kate, pour justifier leur retard. Ils en avaient terminé avec le couteau...

Jolicœur balance sous son nez le sac de plastique contenant le couteau retiré du cou de Sara.

— Les seules empreintes qu'ils ont découvertes correspondaient à celles de Sara Thomas. Mais...

Branchini et Kate le regardent, intrigués.

— ... Il n'y avait pas que le sang de Sara sur le couteau. Celui de Savanah Boudreault s'y trouvait aussi.

Les pièces du casse-tête se mettaient lentement en place.

— Est-ce suffisant pour prouver que Sara a été assassinée? les interroge Kate.

— Un couteau qui sert à un meurtre et qui se retrouve dans les mains d'une présumée victime de suicide..., tente d'expliquer Jolicœur, ça donne lieu à plus d'une interprétation. On pourrait dire que Sara s'est donné la mort après avoir percé le flanc de Savanah...

— Heureusement, le coupe Branchini avec un sourire, qu'il n'y a pas que les couteaux pour recueillir des empreintes.

Branchini lève un coin du drap recouvrant Sara Thomas et découvre ainsi sa main droite. Il ouvre ensuite une enveloppe qui contient une série de clichés de cette même main.

Kate s'empare des photos.

— La main avec laquelle elle a tenu le couteau, interprète-t-elle tout haut, son regard passant de la main, encore ensanglantée, aux clichés.

— On ne l'a pas encore nettoyée, parce que je voulais que vous la voyiez...

— Voir quoi? demande Jolicœur.

— L'empreinte..., répond Kate en examinant de plus près la main et un des clichés.

— Un pouce..., affirme Branchini. L'empreinte n'est pas assez claire pour être identifiée, mais c'est un pouce. Il n'y a aucun doute. Nous avons là... un gros pouce... d'homme!

— Quelqu'un lui tenait la main sur le couteau, comprend Labonté.

— Exactement. Et je suis à peu près certain que, sous tout ce sang, on découvrira des ecchymoses. Là où les doigts du meurtrier tenaient la main de Sara emprisonnée sur le manche...

— Savanah Boudreault est crucifiée, énumère Kate comme un automate, Sara Thomas est tuée, parce qu'elle a été témoin de la crucifixion... et... parce que c'est son amie. Une proche, éliminée comme tous les autres proches...

— Tu crois que tous les suicides sont des meurtres? interroge Todd.

— On peut donner la mort... et on peut aussi influencer les gens à se donner la mort...

— *Right*, confirme Todd qui comprend où elle veut en venir.

— Le journal prouve que Savanah vivait sous l'emprise du pasteur...

— Exact, dit Labonté.

— Et aussi que Savanah, à la suite de ses découvertes sur son père biologique, avait commencé à prendre ses distances vis-à-vis du pasteur...

277

— Encore juste, ajoute Jolicœur, embarquant dans le jeu.

— Alors peut-on conclure que le pasteur aurait, en voyant sa Promise se détacher de son emprise, décidé de s'en servir comme exemple et de lui faire expier son péché sur la croix ?

— Peut-être voulait-il simplement lui donner une leçon, suggère Todd. Mais l'arrivée d'Évelyne Vallée a tout changé...

— Il a paniqué, contribue Labonté. Il élimine Vallée, puis il est forcé d'éliminer Savanah, qui a tout vu.

— Vous oubliez que Savanah est morte d'exsanguination, intervient Branchini qui suit leur raisonnement.

Pendant un court instant, dans la salle, on peut presque entendre un ballon qui se dégonfle, puis Kate frappe sur la table de métal.

— Il ne voulait pas la tuer ! Il l'a laissée sur la croix le temps de se débarrasser du corps de Vallée et de faire disparaître sa voiture. Cependant, en revenant, il l'a trouvée morte. Saignée par sa blessure au flanc. La passion qu'il a mise à la mutiler, pour qu'on ne la reconnaisse pas, n'était en fait que l'expression de sa douleur.

Emporté, Sylvio applaudit au raisonnement de Kate.

— On le tient, le salaud, dit Kate en s'emparant de sa veste qu'elle a déposée sur une chaise.

— On ne serait pas mieux de prévenir Trudel avant de bouger ? s'enquiert Labonté.

— Inutile. J'ai déjà le feu vert de Trudel pour faire «la bonne chose», lâche Kate en poussant les portes battantes de la salle d'autopsie, ses collègues à ses trousses.

61

Le pasteur Jérémie Boudreault dormait du sommeil du juste quand les coups répétés à la porte de sa résidence l'avaient réveillé. Croyant qu'il s'agissait d'une de ses brebis perdues, le pasteur avait sauté dans son pantalon et couru ouvrir. Il avait plutôt découvert les enquêteurs Labonté, Jolicœur, Dawson et McDougall, alignés devant sa porte.

Le sergent McDougall, sans attendre la permission, s'était aussitôt faufilée dans la résidence, suivie de près des trois autres enquêteurs, qui avaient, eux aussi, décidé de profiter de la surprise du pasteur.

— Guy Petit..., énumère Kate, encadrée de ses collègues, les yeux rivés sur le pasteur, encore debout dans l'entrée, la main sur la poignée de la porte toujours ouverte. Louis Beauchemin... Jasmina Fecteau...

— Des pécheurs... Dieu ait leur âme!

Kate le fixe avec froideur.

— Des pécheurs qui ont trouvé la rédemption dans la mort?

— Vous m'avez réveillé en pleine nuit pour me poser cette question? demande le pasteur visiblement agacé.

— Répondez.

— Puisque vous savez que ces gens sont morts, vous savez aussi de quelle façon. L'Église des pénitents ne sanctionne pas les suicides.

— Mais vous prônez la rédemption dans la mort... Vous ne voyez pas une certaine contradiction? questionne Kate.

— Avez-vous un but? demande le pasteur avec calme. Parce que je ne comprends pas du tout où vous voulez en venir. Et, pour tout vous avouer, vous commencez sérieusement à m'embêter.

— J'espère bien, dit Kate les yeux toujours accrochés à lui. Parce que, à partir de maintenant, je n'ai pas d'autre but dans la vie que celui-là.

— Venant de vous, rien ne me surprend, réplique le pasteur.

Les trois enquêteurs sont surpris par cette remarque.

— Vous savez, sergent McDougall, continue le pasteur, depuis le premier jour, je sens que vous cherchez à m'incriminer. De quoi, au juste, je n'aurais su vous le dire, mais je crois à présent avoir deviné.

Kate vient pour dire «vous êtes coupable du meurtre de votre belle-fille», mais il ne lui en laisse pas le temps.

— Je suis coupable d'être qui je suis. Un homme de foi. Un homme de Dieu. Et vous, ma pauvre fille, vous avez remplacé la chasse aux sorcières par la chasse aux pasteurs.

— Un pasteur n'appelle pas sa fille... sa Promise!

Est-ce son imagination ou bien le pasteur a-t-il cligné des yeux?

— Vous ne dites rien?

— Vous semblez avoir toutes les réponses, rétorque-t-il, méfiant. Une méthode chère à l'Inquisition.

Kate reste de marbre.

— À part la croisade que vous menez contre la religion, vous avez d'autres motifs de m'empoisonner la vie?

— Nous avons des raisons de croire que votre fille a été crucifiée sur la croix de chemin à l'entrée du village, lâche Kate, abruptement.

— Crucifiée? répète le pasteur sans expression.

— Nous avons aussi des raisons de croire que vous avez pris part à ce meurtre, enchaîne Kate.

À la grande surprise des enquêteurs, le pasteur n'a pas la réaction escomptée. Pas de hauts cris, pas d'excuses, rien. Il ne bronche pas. Livré à un combat intérieur visiblement douloureux.

Le silence dans le hall est aussi lourd que du plomb.

— Suivez-moi, finit-il par articuler, en pressant le pas en direction de son bureau.

— Ne bougez pas! crie Kate, son Glock pointé vers lui.

Le pasteur se tourne vers elle.

— Ne soyez pas ridicule... Je ne vais pas m'enfuir.

Kate fait signe à Todd de le fouiller.

— À cause de votre haine de la religion, vous avez des œillères, Kate.

— *Clean*, annonce Todd, une fois le pasteur fouillé.

— J'ai quelque chose dans mon bureau qui pourrait vous intéresser.

Kate jauge l'homme.

— Allons-y, dit-elle après un moment.

Labonté et Jolicœur encadrent le pasteur.

— On se croirait dans un mauvais film, murmure ce dernier en marchant en direction de son bureau.

— Tu comprends quelque chose? chuchote Todd à Kate, pendant qu'ils suivent le trio.

— Non..., dit Kate, inquiète.

Une fois à l'intérieur de la pièce, le pasteur se dirige vers une petite crédence. Comme il vient pour ouvrir le tiroir, même scénario que dans le temple. Kate sort son Glock.

— Doucement!

Le pasteur la dévisage d'un regard glacial, puis ouvre lentement le tiroir et en sort une lettre, qu'il lui remet aussitôt.

— Qu'est-ce que c'est? questionne Jolicœur pendant que Kate en prend connaissance.

— Une lettre que ma fille m'a laissée avant son départ en novembre dernier...

— *Shit!* jure Kate qui a terminé sa lecture. Pourquoi nous avoir menti et nous avoir dit qu'elle était partie en tournée? demande-t-elle au pasteur.

— Parce que c'est la Promise, crie soudain le pasteur, donnant enfin libre cours à sa rage et à son humiliation. La Promise ne peut pas s'enfuir avec un homme. La Promise appartient à Dieu. Uniquement à Dieu!

Puis l'homme s'écrase dans son fauteuil, complètement défait. Dieu l'aura punie de son affront, dit-il en sanglotant. Savanah, ma Savanah...

62

— L'homme est un fanatique qui a développé une relation mystico-incestueuse avec sa fille, explique Labonté affalé sur une des chaises de leur réduit, près de l'entrée du poste de Beauce-Mégantic. Mais je ne crois pas qu'il soit responsable de la mort de sa fille. Ni par conséquent de celles de Sara Thomas et d'Évelyne Vallée.

— Mais il avait un mobile, rétorque Todd.

— Je me suis fourvoyée, dit Kate. Le pasteur n'a aucun intérêt à ce qu'elle disparaisse, de quelque façon que ce soit. Tout son charabia religieux est fondé sur la venue de la Promise. Sans elle, son empire s'écroule. Pourquoi pensez-vous qu'il faisait croire à qui voulait l'entendre qu'elle était en tournée? Il espérait qu'elle retrouve la raison et qu'elle revienne au bercail. *Shit!* Le vieux fou a raison. À cause de mon aversion pour la religion, j'ai des œillères.

— *Wait a minute!* lance Todd. Il n'a peut-être pas tué sa fille, ni Vallée ni Sara... Mais tous les autres suicides? Et la violence des suicides..., ajoute-t-il écœuré.

— Tu ne trouveras jamais un procureur pour l'amener en procès. Comment prouver que ce sont les enseignements du pasteur qui ont poussé tous ces gens au suicide?

— Je trouve étrange que ces morts n'aient jamais intrigué personne, remarque Labonté.

— On parle d'une douzaine de suicides, non expliqués, étalés sur plus de trente ans, intervient Kate. La religion catholique a fait plus de victimes que ça, et on n'a jamais réagi. Pense à toutes les mères célibataires, les homosexuels et les divorcés qui se sont suicidés, parce que bourrés de culpabilité.

— Le cercle des pénitents n'est en fait qu'une bande de moutons qui ont suivi aveuglément les préceptes d'une religion, dit Todd enragé. Comme bien d'autres moutons qu'on connaît.

— Quand même... Une religion qui incite à la mort, argumente Labonté.

— Elle n'est pas la seule, ajoute Jolicœur. Pense aux kamikazes...

— Je suppose qu'on devrait être heureux que les pénitents n'aient pas choisi d'emporter d'autres pécheurs avec eux dans leur mort, laisse tomber Todd avec sarcasme.

— Je ne peux y croire..., se désole Kate en tournant en rond. Nous sommes de retour à la case départ.

— Pas tout à fait, réplique Jolicœur. Il y a son amoureux. Pourquoi n'a-t-il pas signalé sa disparition? Est-il mort lui aussi? Ou l'a-t-il tuée?

La tension monte d'un cran dans la pièce.

— Vite! Son nom! ordonne Kate en direction de Labonté.

— Simon Bédard, dit-il après avoir consulté la lettre confisquée au pasteur.

— Je le savais! s'exclame Kate en se levant d'un coup. Je savais que j'avais déjà entendu ce nom quelque part!

Ils la regardent tous, les yeux ronds.

— Simon Bédard, ça ne vous dit vraiment rien?

Quelques secondes de silence, puis Todd se souvient.

— Pauline Bédard…, prononce-t-il en se rappelant les informations inscrites à un des dossiers des morts suspectes. Son fils, Simon, l'a trouvée morte, éventrée de sa propre main.

— Sa mère meurt à cause de l'Église des pénitents et il tombe amoureux de la fille du pasteur? lâche Jolicœur. Je n'achète pas ça.

— Moi non plus, dit Labonté.

— Attendez un peu, s'exclame Kate, tout d'un coup, comme frappée par la foudre.

Elle sort son cellulaire et compose un numéro à toute vitesse.

— C'est Kate, dit-elle, aussitôt son interlocuteur en ligne.

— Kate? s'étonne Trudel à moitié endormi à l'autre bout du fil.

— Deux minutes! Je te demande deux minutes…

— Qu'est-ce qu'il y a? se résigne Trudel.

— De quoi est morte la femme du capitaine Bédard?

— Quoi?

— Réponds… c'est important.

Kate entend Trudel dire à Julie-la-relationniste de se rendormir.

— Elle s'est suicidée. Une mort horrible. Elle s'est éventrée comme on éventre du gibier. Satisfaite?

— Tu ferais mieux de t'habiller et de venir en Beauce, dit Kate avant de raccrocher sans autre explication.

— Simon Bédard est le fils du capitaine Bédard, dit Todd en la regardant.

Kate acquiesce en silence.

— Jésus-Christ! s'exclame Jolicœur pour la millième fois depuis le début de cette enquête.

63

Kate s'était assoupie sur le coin d'une table. Aussitôt, les visages de Sara et Émile avaient pris possession de son sommeil. À répétition, la lumière s'éteignait de leurs yeux implorants sans jamais qu'elle parvienne à les sauver. Puis un troisième visage, celui d'un ange de papier, venait la tourmenter. Un ange de papier qui flambait dans la nuit noire... Son cri avait gardé l'équipe éveillée pour le reste de la nuit. Trudel était enfin arrivé avec l'aube, et le soleil levant.

— On n'a pas le choix, dit Trudel, après avoir écouté leur compte-rendu. Il faut émettre un avis de recherche au nom de Simon Bédard... S'il n'est pas le meurtrier, il est sûrement le dernier à l'avoir vue vivante.

— Je m'en occupe, assure Jolicœur en se levant et en se dirigeant à l'arrière du poste, pour accomplir sa tâche.

— Paul..., commence Kate qui est silencieuse depuis de longues minutes. Quand tu m'as raconté l'histoire de Bédard, tu m'as dit qu'il avait changé après la mort de sa femme... Et son fils, lui?

Trudel se masse le front.

— Je n'étais pas intime avec Bédard, mais je me souviens d'avoir entendu dire que son fils l'avait très mal pris. Une dépression, quelque chose comme ça...

— Avoir treize ans et trouver sa mère éventrée..., prononce Labonté, d'un ton plein de compassion.

Kate hoche la tête. Elle comprend bien l'horreur de cette découverte. Elle peut même la ressentir.

— Je me demande..., formule-t-elle après un instant.

Tous les regards se tournent vers elle.

— Supposons que Simon ne se soit jamais remis de la mort de sa mère... Et qu'il ait voulu la venger... Est-il possible de penser qu'il ait séduit Savanah pour cette raison ? Pour venger sa mère ?

— Il me semble qu'il aurait voulu s'attaquer au pasteur..., répond Todd. C'est lui qui a répandu cette religion, ici. Ce sont ses enseignements qui ont sûrement poussé la mère de Simon à se tuer.

— Vrai, mais en s'attaquant à Savanah, il fait d'une pierre deux coups. Il attaque la religion... et le pasteur.

— Il l'aurait donc séduite, l'aurait convaincue de s'enfuir avec lui, et une fois à sa merci... il l'aurait tuée ? résume Trudel, dubitatif.

— Tu oublies l'état d'esprit de la jeune femme alors... Ayant découvert l'histoire de son père, elle est vulnérable. Simon lui confie sa propre histoire. Sa mère s'est suicidée aussi... Savanah se reconnaît en lui... Il ne faut pas oublier que nous avons affaire à deux êtres troublés au départ.

— Pauvre fille..., dit finalement Trudel.

— Qu'est-ce qui se passe ici ?

Tout le monde se tourne en direction de la voix courroucée provenant de la porte d'entrée.

— Capitaine Bédard, dit Trudel en le voyant. On a besoin de se parler.

19 novembre 2005

Évelyne Vallée avait eu peine à garder les yeux ouverts. Une longue journée passée dans une salle de réunion à l'aération quasi absente et la perspective de l'interminable trajet qu'il lui restait à faire sur l'autoroute 20 pour gagner Montréal avaient commencé à avoir raison de son inépuisable énergie. Elle avait amèrement regretté sa décision de ne pas passer la nuit au Château Frontenac. L'insistance d'Albert, son mari, l'avait fait agir contre son bon jugement... Une fois de plus.

Jouant de malchance, elle était maintenant aux prises avec le mauvais temps. La température, qui avait chuté tout d'un coup, avait provoqué un épais brouillard, rendant la visibilité presque nulle. Mais ce n'était que la pointe de l'iceberg de ses ennuis.

— Encore des travaux! cracha-t-elle en voyant la pancarte jaune fluo lui indiquant qu'elle devait ralentir.

Malgré l'absence évidente de travailleurs, ou de voitures – normal, il était près de trois heures du matin –, elle obtempéra.

Au prix d'une gymnastique oculaire digne d'une médaillée d'or, Évelyne parvint à déchiffrer le panneau subséquent lui indiquant, cette fois, qu'elle devait à la prochaine sortie bifurquer sur la route secondaire, l'autoroute étant barrée à la circulation à partir de ce point.

— Merde! s'exclama Évelyne, prenant conscience qu'on l'obligeait à effectuer un détour de plus de vingt-cinq

kilomètres au beau milieu de la nuit, sur une route de campagne isolée, en plein brouillard. Merde, merde, merde et merde!

Après quelques kilomètres de courbes dangereuses et de noirceur abyssale, Évelyne finit par prendre la direction de la municipalité la plus proche dans l'espoir de trouver refuge dans un motel.

— Saint-Simon-de-Tring, croyait-elle avoir eu le temps de répondre à son mari avant que son cellulaire ne lui échappât des mains et que sa voiture dérapât en direction d'un fossé alors qu'elle tentait de récupérer le combiné échoué à ses pieds.

Combien de temps était-elle demeurée inconsciente? Évelyne Vallée l'ignorait. Étourdie et chancelante, après de multiples efforts, elle parvint à s'extirper de son auto en accordéon. De fait, en quittant la chaussée, la voiture avait fait une embardée et avait embouti un poteau de clôture de l'autre côté du fossé.

Au prix de pénibles efforts, Évelyne Vallée, prostrée contre sa voiture, cherchait à retracer le fil des évènements, quand elle crut entendre des gémissements et un faible appel au secours: «Aidez-moi...»

Effrayée, cherchant à percer le brouillard pour se prouver qu'il s'agissait d'une hallucination, elle jeta des regards effarés autour d'elle. Rien.

Finalement rassurée, elle leva les yeux en direction du faisceau lumineux de ses phares qui, l'angle de la voiture aidant, pointaient vers le ciel.

Le spectacle qui se révéla à elle dans la lumière éblouissante était inconcevable. Au milieu de nulle part, en pleine nuit, on avait cloué une jeune femme sur une croix de chemin.

— Faites vos prières, prononça une voix démente derrière elle.

Elle n'en eut jamais le temps, car le projectile l'attei-
gnit à la tête quelques instants plus tard... alors qu'elle
apercevait un ange s'éloigner dans le brouillard.

64

— Vous avez meilleure mine, remarque Marquise Létourneau.

Kate sourit malgré elle, se rappelant son état lors de leur dernière rencontre.

— Disons que j'ai développé un goût pour l'eau...

Le docteur hoche la tête, puis se concentre sur le dossier ouvert devant elle.

— Est-ce parce que vous avez arrêté de boire, ou parce que vous avez abandonné le sexe? poursuit le docteur sans lever les yeux du dossier.

Perspicace, songe Kate.

— Les deux.

La psychiatre la regarde.

— La direction va être contente, ajoute Kate, évoquant le fait que les relations au travail ne sont pas encouragées. C'est terminé avec le lieutenant.

— C'est vous qui avez mis fin à la liaison.

— Non, c'est lui. Il m'a laissée pour une autre. Ça vous surprend?

Marquise Létourneau observe Kate pendant un moment avant de parler.

— Vous l'avez encouragé?

Kate rit.

— Je ne peux rien vous cacher!

— Qu'est-ce que ça vous fait? Je veux dire…
la rupture…

Kate fixe la thérapeute, puis elle se décide à parler.

— Mal, avoue-t-elle. Ça me fait mal.

Marquise Létourneau a un demi-sourire.

— Ce n'est pourtant pas dans vos habitudes de
«ressentir» les choses…

Kate rougit, mais ne répond pas.

— Pardonner… ce n'est pas oublier, affirme
Marquise Létourneau avec douceur.

Kate ne dit toujours rien, mais essuie ses yeux du
revers de la main.

— Dans les affaires de mon père, j'ai trouvé une
photo de ma mère dans son bain, alors qu'elle avait
neuf ans. Au même âge, on se ressemblait comme
deux gouttes d'eau.

La thérapeute comprend aussitôt.

— Qu'en avez-vous déduit?

Kate gigote nerveusement.

— Je ne sais pas pourquoi… mais je crois que
c'est l'image de ma mère qui a arrêté son geste.

— Peut-être, suggère Marquise Létourneau, cette
image lui a-t-elle rappelé son amour pour elle… avant
les abus, avant sa folie meurtrière. Mais vous ne pourrez jamais en être certaine, Kate. Vous comprenez,
n'est-ce pas?

Kate hoche lentement la tête. Elle comprend. Mais
elle comprend aussi qu'elle n'a rien fait pour obtenir
la grâce que son père lui a accordée. Elle n'est pas
responsable.

Marquise Létourneau ferme le dossier sur son
bureau et sourit.

— Je crois bien que nous avons terminé.

Kate la regarde, surprise.

— Vous n'avez plus besoin de moi, Kate.
Maintenant que vous avez choisi la vie…

65

En prenant l'ascenseur pour se rendre au bureau de Paul Trudel, Kate se remémore l'arrestation de Simon Bédard. Moins de vingt-quatre heures après l'émission de l'avis de recherche, la SQ lui mettait la main au collet. Rien de surprenant. Simon Bédard désirait se faire prendre. Il voulait que l'univers soit témoin de son triomphe sur cette religion qui transformait les êtres en «machine à prières» et «préférait la mort à la vie». Il avait vaincu l'Église des pénitents et vengé sa mère. Enfin.

— Bonjour.

Kate émerge de ses réflexions et voit Julie Saint-Pierre, la «relationniste», debout devant les portes ouvertes de l'ascenseur.

— Bonjour, répond Kate en sortant, non sans avoir vérifié au préalable qu'elle se trouve au bon étage.

La relationniste, qui a pris sa place dans l'ascenseur, s'empresse de mettre son index sur le bouton «porte ouverte».

— Sergent McDougall, l'interpelle-t-elle, la voyant s'éloigner.

Kate s'arrête et se retourne.

Qu'est-ce qu'elle me veut encore? se dit Kate. Je lui ai déjà donné Paul.

— Bravo! Vous avez accompli un travail exceptionnel.

Kate s'en veut aussitôt.

— Merci, dit-elle pendant que les portes se referment sur la relationniste.

Kate pivote en direction du bureau de Paul. Il est derrière la paroi vitrée... et la regarde.

— Tu t'es amusé? lance Kate en pénétrant dans la pièce.

— Je suis désolé. Je n'ai pas fait exprès pour que vous vous croisiez.

— Oublie ça, dit Kate, en s'assoyant dans le fauteuil des visiteurs.

Paul contourne son bureau et va s'asseoir à son tour. Ils sont à présent installés l'un en face de l'autre. Silencieux.

— Savanah Boudreault..., finit par dire Paul. Elle a vécu presque toute sa vie dans une relation incestueuse d'enfant épouse. Cet homme l'avait pratiquement séquestrée, dit Paul, écœuré.

Kate acquiesce.

— Non seulement il la gardait continuellement près de lui, mais il a réussi à éliminer tous ceux qui s'en approchaient. Et sans jamais avoir à en subir les conséquences.

— Simon Bédard ne sera pas aussi chanceux.

— Non, en convient Kate. Il va payer le prix, lui.

Trudel gigote sur son fauteuil.

— Toi aussi, tu as l'impression d'un échec, comprend Kate.

— Combien d'enfants comme Sara Thomas vont encore mourir, s'exclame Trudel exaspéré, embrigadés dans les croyances de leurs parents, trop impressionnables pour y voir clair?

Kate hausse les épaules, un tic qu'elle a fini par prendre de Todd. Elle a beaucoup réfléchi à la question. Et elle n'y voit pas de fin.

— Il y aura toujours une religion pour prendre la relève..., dit-elle tristement. On se pensait intelligents quand on a mis l'Église catholique au rancart... Je pense qu'on n'est pas au bout de nos surprises. La culpabilité des hommes est un puits sans fond.

Trudel l'interroge du regard.

— J'ai bien réfléchi. Parce que les hommes trouveront toujours le moyen d'éprouver de la culpabilité, ils chercheront toujours à obtenir l'absolution. Malheureusement, pour chaque pénitent, il y a un bourreau aux aguets. Un bourreau dans les bras duquel on se précipite aveuglément. Trop heureux d'être puni pour nos péchés.

Kate soupire. Les souvenirs de son enfance refont surface.

— Pour certains, le bourreau prend le visage d'un mari, ou d'un père... Pour plusieurs, cependant, je crois qu'il prend le visage d'un étranger. Un étranger au titre alléchant de curé, imam... Ou *preacher*.

Ils restent silencieux un moment.

— J'ai une bonne nouvelle, lance Paul enfin.

— Tu te maries?

Paul a un mouvement d'impatience.

— Tu as décidé de me rendre la vie dure, c'est ça?

Kate rit aux éclats.

— Je t'ai eu. Je suis déjà au courant pour la brigade spéciale qu'ils veulent mettre sur pied. Tu devrais congédier ta secrétaire. Elle a un petit problème de discrétion.

Trudel a l'air malheureux.

— Je voulais être le premier à te l'annoncer, dit-il piteux.

— Tu peux être le premier à célébrer avec moi mon nouveau grade de lieutenant au sein de cette brigade, propose Kate en lui tendant une perche grosse comme un tronc d'arbre.

— Julie m'attend en bas, poursuit Paul encore plus piteux.

— Ah..., dit simplement Kate. Une autre fois peut-être?

— Une autre fois..., répond Paul en la dévorant des yeux, malgré lui.

Bon Dieu, que je l'aime, pense Kate, le dévorant à son tour. Puis elle devient toute drôle.

— Qu'est-ce qu'il y a? s'enquiert Paul.

— Rien, dit-elle en souriant et en quittant rapidement le bureau pour lui cacher son émotion.

Car elle vient de se rendre compte que, pour la première fois depuis son enfance, elle a réussi à verbaliser son amour.

Épilogue

L'homme assis devant Kate est un homme défait. Une coquille vide de son essence. Un homme à qui on a tout volé.

— Quand avez-vous compris? lui demande-t-il.

— Dès que j'ai su que Simon était le coupable.

L'homme hoche la tête.

Kate l'observe en silence, puis elle poursuit.

— Quand j'ai compris que Simon avait tué la fille du pasteur pour se venger de ce dernier et de sa religion, j'ai aussi compris qu'il ne pouvait pas avoir mutilé le corps de Savanah. Pourquoi chercher à camoufler son crime alors qu'il voulait le crier à la face du monde? J'en ai conclu que quelqu'un avait voulu le protéger. Quelqu'un qui avait déjà perdu une femme et ne pourrait survivre à la perte d'un fils. Un capitaine de la SQ qui savait comment faire disparaître l'identité d'une victime.

Le capitaine Bédard soupire lourdement.

— Le soir où il l'a tuée... Je me suis rendu compte qu'il avait quitté la maison avec une vieille carabine ayant appartenu à mon père... Une arme qui ne pouvait être identifiée. Et j'ai eu peur. Vous comprenez, mon fils, après la mort de sa mère, il est devenu... mauvais. Sa colère...

Il lève les bras dans un geste d'impuissance.

— J'ai tout essayé, mais ça n'a rien changé. Il a fini par quitter l'école, puis il s'est mis à traîner, causant des ennuis partout où il le pouvait. Au fil des ans, il s'est retrouvé plus souvent qu'à son tour dans la cellule de détention du poste...

Bédard se perd dans ses pensées.

— La nuit du crime..., dit Kate pour l'encourager à poursuivre.

Bédard soupire. Un soupir à fendre l'âme.

— Quand j'ai pris peur, je me suis mis à analyser son comportement des derniers mois, et j'ai enfin saisi.

— Son comportement avait changé?

L'homme hoche la tête.

— Il avait décidé de se trouver un travail. Lui qui ne levait jamais le petit doigt.... Enfin, il embarquait dans le courant de la vie. J'étais heureux pour la première fois depuis la mort de ma femme, explique l'homme en baissant la tête, honteux. On voit bien ce que l'on veut voir...

— Quand avez-vous su qu'il travaillait comme homme à tout faire pour l'Église des pénitents?

— Dès le départ.

Kate est interloquée.

— Et ça ne vous a pas mis la puce à l'oreille?

— Avez-vous des enfants?

— Non...

— Contre toute raison, on cherche toujours le bien de nos enfants. Déraisonnablement, on les croit. Alors j'ai cru à ses explications. Il n'y avait pas d'autre travail disponible au village... il travaillerait surtout au collège... il avait besoin d'affronter ses démons... je devais être content pour lui qu'il se prenne enfin en main...

L'homme balance la tête en soupirant.

— Comment imaginer ce qu'il allait faire? Ce n'est pas un monstre. C'est mon fils...

L'homme ravale un sanglot.

— Le soir du drame...

— Quand j'ai compris, je suis parti à sa recherche.

— Pas assez vite cependant pour empêcher la mort de Savanah et celle d'Évelyne Vallée.

L'homme hoche la tête.

— Elles étaient mortes quand je suis arrivé. Vous aviez raison... J'avais déjà perdu ma femme, je n'allais pas perdre mon fils. J'ai fait le nécessaire.

L'homme frissonne.

— C'est l'acte le plus horrible que j'aie commis. J'en ai pourtant vu, des morts, dans ma carrière, mais faire subir cet outrage à cette pauvre fille... Après m'être débarrassé des deux cadavres et de la voiture de Vallée, j'ai emmené mon fils dans une vieille cabane, dans la forêt. Je me disais que le temps passerait. Que mon fils, enfin libéré de son obsession, guérirait.

— Vous y croyiez vraiment?

— Je voulais y croire.

Kate hoche la tête.

— Il m'appelait sa «conscience».

— Pardon?

— Depuis ses crimes, il ne m'appelait plus «papa». Il disait: «Bonjour, conscience! Comment va ma conscience? Ma conscience a bien dormi?» Au début, je pensais que c'était sa façon de me remercier pour ce que j'avais fait. Mais au bout d'un moment...

— Et Sara Thomas?

Kate peut lire la douleur sur son visage.

— Si j'avais su qu'il lui enlèverait la vie, le soir où je l'ai trouvée au pied de la croix... j'aurais tué mon fils de mes propres mains.

Kate se lève.

— J'imagine que je dois vous suivre maintenant?

— Je ne suis pas venue pour vous arrêter. Je suis venue pour comprendre.

— Mais...

Kate le regarde longuement. Cet homme est déjà prisonnier de sa culpabilité, songe-t-elle en glissant les mains dans ses poches.

Les anges, oubliés dans son parka, se plaignent sous ses doigts. Les visages de sa mère, Émile, Savanah et Sara traversent sa tête.

— Je ne serai pas votre bourreau, finit-elle par dire, énigmatique, avant de sortir et de refermer la porte du bureau derrière elle.

Merci à tous ceux et celles qui m'ont conseillée, encouragée, critiquée et poussée à finir l'écriture de ce roman. Sans vous, il n'existerait pas. Comme dans tout acte de création, ce roman n'a pas échappé à mon imagination.

Je suis donc coupable, encore une fois, d'avoir joué avec la toponymie, la hiérarchie des institutions et la géographie du Québec. Les situations sont complètement inventées et les personnages, totalement fictifs.

Seul Dieu existe.

Cet ouvrage a été composé en Times 12/14
et achevé d'imprimer en février 2007 sur les presses de
Quebecor World Saint-Romuald, Canada.

Imprimé sur du papier Quebecor Enviro 100 % postconsommation,
traité sans chlore, accrédité Éco-Logo et fait à partir de biogaz.

certifié   procédé   100 % post-   archives   énergie
            sans chlore   consommation   permanentes   biogaz